Dello stesso autore nel catalogo Einaudi

L'angelo di Avrigue
Vento largo
Le parole la notte

Francesco Biamonti
Attesa sul mare

Einaudi

Prima edizione «Supercoralli» 1994
www.einaudi.it

ISBN 88-06-15779-5

Attesa sul mare

Capitolo primo

La corriera lo lasciò sotto Pietrabruna. Spariti subito nella curva i due compagni di viaggio, posò la valigia sul parapetto e si fermò a guardare. Si vedevano frane aggrappate alla collina e uliveti dentro voragini luminose. Era luce di mare. Si saldava alle cime, ai crinali, sino a Pietrabruna.

«Chissà se è calma, o infelice, o nervosa, – pensava, – chissà com'è Clara...» L'aveva lasciata che un'ombra di malinconia le percorreva la fronte, gli occhi pagliettati di sole.

Prese la valigia e cominciò a salire tristemente. Adesso la luce veleggiava sulle montagne. Qualche colpo di vento.

Era ormai sulla strada di casa. Riconosceva il mormorio della terra scoscesa, come quando vi giungeva, passato il mare, nel ricordo.

– Arrivi? – gli chiese Luca seduto sul margo, fra ginestre che mandavano odore dolciastro.

– Non ti fa piacere vedermi?

– Sono molto contento. È piú la gente che va che la gente che viene. T'aiuto a portare la valigia?

– Sei piú anziano di me, non voglio approfittare.

– Ero abituato a portar pesi.

– Non è una buona ragione. Non so perché, la corriera mi ha lasciato là sotto.

– La strada è stretta e di sopra c'è una frana.

– È piovuto tanto?

– Macché, niente! Ma è franata lo stesso. Tutto il paese è su una frana. Non ti siedi?

Edoardo guardò in alto: il paese sembrava addormentato. Prendeva il sole di sbieco. Doveva essere caduto da poco il vento. Le farfalle si alzavano con delicatezza dalla polvere.

– Com'era la tua nave? Era bella?

– Non ci crederai, ma era colore del fango.

– No, non ci credo, – disse Luca. Rise. – Una nave di fango non l'ho mai vista. Ho visto paesi di fango.

– Da lontano poteva prendere altri colori, tutti i toni dell'oro.

– Vedi che cambi idea. Da giovane ho sempre sognato di navigare. Ancora adesso farei un viaggio. Potrei essere utile?

– Certo che potresti. Ma è un mestiere da poco, – disse Edoardo. E guardò le terrazze, dove passavano cirri in un volo arioso.

– Di noi abbiamo già parlato troppo, parliamo del paese.

– C'è poco da dire. È sempre uguale.

– Va fin troppo bene, coi tempi che corrono.

– Parliamo del mare, piuttosto.

– Il vico della Palma esiste sempre?

– Il vico esiste, ma la palma l'ha spezzata il vento, una notte di marzo.

– È sempre abitato?

– Sempre le stesse persone. Ma dovresti saperlo. In fondo non manchi mica da tanto. Da qualche anno...

– Andavo e venivo. Non conosco quasi piú nessuno.

– Che cosa vuoi sapere?

Edoardo non rispose. Guardava un fragile amalgama: una farfalla su un fiore ondeggiante.

A quel vico pensò alla sera, a quel lastrico, all'orto, a Clara che vi abitava. «Domani la vedrò, o dopodomani, o un altro giorno». L'azzurro se ne andava, dietro i picchi.

Non aveva voglia di uscire. Se ne stava alla finestra e guardava: il cielo si staccava dalle colline mano a mano che si oscurava, il mare sempre piú scarno tremava in una luce lontana.

Il mattino andò ad aspettarla. C'era il tronco di palma, il glicine, il muro pieno di sole. Non la vide passare.

Arrivò al bar, sedette sul terrazzo. Il mare era alto all'orizzonte. Luminoso tra le rupi, veniva a riva in silenzio. La sua luce tagliava le colline, poi s'inerpicava.

Cercò un telefono, compose il numero del museo dove lei lavorava. Sentí la voce, un: – Sí! – mormorato e sospeso.

– Sono Edoardo, sono tornato.

– Sono cosí contenta –. Si riprese subito: – Dove sei adesso?

– A Pietrabruna.

– Puoi scendere? Sei stanco? – la voce si faceva apprensiva. – Ma no, aspettami! Salgo io a mezzogiorno. Puoi aspettarmi?

– Sono venuto solo per questo.

Fece un giro largo per tornare a casa. (Abitava all'altro capo del paese, al di là della chiesa seicentesca, quasi spagnola). S'inoltrò nel bosco a tramontana.

Sul pendio silenzioso ardeva l'oro delle eriche arboree. Per terra, altre eriche, erbacee, a chiazze viola. Piú in là si alzavano «terche», con corvi appollaiati e rosmarini sereni. Si vedeva di nuovo il mare.

A mezzogiorno giunse Clara e osservò quelle eriche.

– Dove le hai raccolte?

– Sotto Pietrabruna, sull'altro versante.

– Il dorato e il viola: i miei preferiti.

– Lo sapevo.

– Dipende anche dai giorni.

Raccolse dal tavolo rami e steli, fece un bel vaso.

In lei tutto dipendeva dai giorni: la gioia, il dolore, le cose piú futili e le piú intime.

– Andiamo a mangiare fuori?

– Hai fame?

– Non troppo.

– Restiamo qui, allora.

Prese il vaso che aveva appena composto, lo sollevò con le due mani, lo collocò sulla credenza. Adesso le eriche infrangevano la piena luce di mezzogiorno.

– Quando sei arrivato?

– Ieri, – disse Edoardo. Aveva pensato a lei tutta la sera in un gorgo di ricordi.

– Perché non mi hai cercata? Ero cosí stanca di non vederti. È un po' che aspettarti è diventata una sofferenza.

– Forse devo ripartire di nuovo –. Vide i suoi occhi indurirsi. – Dammi tempo ancora una volta. Poi mi fermerò.

Gli si diede senza una parola. Le palpebre ancora abbassate, gli domandò se voleva che si cercasse un altro. Una luce a chiazze le pioveva addosso, dorava una gamba piegata e un braccio posato sul seno. «Guardala, – disse a se stesso, – in questa luce che la cerca, nel suo abbandono. E ricordala». Poi lei si alzò. Lo splendore le scendeva dai capelli lungo la schiena. Andò a rivestirsi in un angolo, in un mosaico d'ombre.

– Ci rivedremo, – disse. – Se non vuoi perdermi sai come fare.

Capitolo secondo

Tornò al bar. Sul terrazzo, guardò di nuovo il mare, le sue alture nel cielo secco. Gli veniva voglia di starsene al sole, fermo come un ramarro nella polvere della strada. Non partire piú per quel celeste dai confini scoscesi.

Si avvicinò la donna che prima gli aveva portato il caffè.

– Bella giornata!

Parlava con accento inglese.

– Sí, anche troppo.

– È la prima volta che viene a Pietrabruna?

– Ci sono nato.

– Non l'ho mai vista.

– Navigavo.

– Io ho un fratello in marina. In Inghilterra, nella marina militare.

– E lei dall'Inghilterra è finita qui, su queste frane?

– Mio marito è di Pietrabruna, l'ho conosciuto a Jersey.

Foglie di leccio le caddero sulle spalle. Le tolse posandole nella tazza che aveva ritirata dal tavolo.

– Nella marina militare... – disse come tra sé, – è una gran bella cosa... Signora, potrei telefonare?

– Telefoni quando vuole.

Andò dentro e chiamò François il Tolonese.

Un «Allô» secco.

– Sei François? Ti ricordi di me? Sono Edoardo di Pietrabruna.

– Come se ti avessi visto ieri... Quanti anni abbiamo navigato insieme?

– Otto o nove.

– Di piú... C'era anche Kerber. Hai saputo che è morto con gli stivali ai piedi?

– Senti, François, avrei bisogno di un imbarco.

– Chi ti ha dato il mio numero?

– Tu stesso, tre anni fa, lí sul porto di Tolone.

– Già, mi ricordo... hai bisogno di guadagnare...

– Un paio di viaggi, per farmi le ossa, qualche mese, non anni... su qualunque carretta.

– Per te una carretta c'è sempre... Ti ascolta qualcuno?

– Sta' tranquillo.

– Al carico ci penso io... Hai un telefono?... Non ce l'hai?... Richiamami fra cinque giorni, o vienimi a trovare. Addio, «mon vieux».

Ripose nel portafogli l'indirizzo del compagno di un tempo. Non aveva mai pensato che se ne sarebbe servito per concludere la sua carriera e ne era avvilito. Uscí dal bar, attraversò il paese pensando alla sua vita: anni volati via sul mare, da un imbarco all'altro, un continuo andare... per poi entrare nel crepuscolo a vele ammainate...

Lasciò i vicoli, andò lungo una muraglietta diroccata per una strada aperta a occidente. Laggiú l'ultimo azzurro impallidiva, varco diafano in un cielo che bruciava.

Sulla porta di casa trovò Clara.

– È tanto che sei qui?

– Non è molto.

– Ti ringrazio d'essere tornata.

– Volevo rivederti.

Entrarono, sedettero al tavolo. Lei si sorreggeva il volto con una mano.

– Questa storia deve finire, – disse.

– Io vorrei che non finisse...

– Fa' qualcosa perché continui. Sei abituato a ridurmi a un sogno. Io no, invece. Cerca un lavoro a terra.

– Sognare è ridurre?

– Per me, sí.

– Anche per me, ora. Non sono piú in grado di navigare. Cerco un lavoro breve: un cargo per uno o due viaggi.

La finestra si riempiva di stelle.

Nella notte si sentiva la brezza sugli ulivi e sulle rocce.

Nel raggio di una lampada, era dolce e snella. Voleva essere guardata e presa... Aveva gli occhi dilatati, di un blu lieve.

Al mattino disse che si sentiva rifiutata. – Non ti fidi di me, non vuoi mettermi alla prova.

– Ancora un anno di duro lavoro.

Lei chinò il capo nel sole.

Capitolo terzo

Lasciò la macchina su un promontorio fra due rade argentate. Camminò in un'impressione di grandi spazi. Le colline di Tolone erano sorvolate dal vento e dalla luce. Per quanto alte, non salivano con ansia al cielo.

La strada era giusta: boulevard Grignan. Su una porta a vetri con stipiti neri, vide scritto in grandi caratteri: AGENCE MARITIME. Entrò, togliendosi il berretto.

François stava seduto su una sedia girevole, il volto accostato a un vascello in miniatura. Scrutava Edoardo, pareva non riconoscerlo. Ma poi scosse il capo:

– Sei sempre lo stesso, tale e quale quando si navigava.

– Mi fa piacere vederti. Sono venuto... avevo fretta. La fame fa uscire il lupo dalla tana.

– Abbracciamoci! – l'altro disse. E aggirò il tavolo, su cui era posato il vascello. – Che cosa bevi?

– Quello che hai a portata di mano.

Dalle rade arrivavano riflessi argentati sulle pareti spoglie.

Si voltò, prese da un mobiletto una bottiglia di «pastis».

– E cosí vuoi concludere in bellezza? Perché non ci hai pensato prima?

– Il tarlo dell'età. Non ho piú voglia di fare una vita di routine.

– A molti va bene, ma quelli a cui va male non si contano. Perché non aspetti la pensione?

– Ho sempre navigato qua e là, con Compagnie che non mettevano in regola.

S'accorse che François lo scrutava; si sentiva un po' umiliato, sebbene non mancasse in quegli occhi neri un fondo d'affetto. O forse era solo curiosità.

– Eri un buon capitano, di gente come te ce n'è bisogno, corretti anche nell'avventura. Ma come mai? I soldi non ti avevano mai fatto gola, non te ne ho mai sentito parlare.

– Si cambia nella vita.

– Hai debiti?

– Debiti, no.

– Qualche donna?... Bella? – Quasi involontariamente Edoardo fece un cenno di assenso. L'altro continuò: – Sono finiti i tempi in cui ci si accontentava delle donne nei porti.

– Da quelle ci si distacca facilmente. Non vengono all'imbarcadero.

– Amico mio, voglio parlarti chiaro: la nave c'è, è a Saint-Malo. Andrai a prenderla là. È il carico che non è pronto. Sto trattando con la Legione.

François portò Edoardo nella sua casa in collina.

– Fra poco arriva mia moglie e ci prepara qualcosa.

– Potevo andarmene. Perché la vuoi disturbare?

La casa dominava Tolone. Era circondata da pini, da cui si staccavano ogni tanto nubi di polline. I rosmarini si piegavano all'aria. Dentro c'era ordine e pulizia, la regia di una mano femminile.

– Pensi che le cose per me si metteranno bene? – chiese Edoardo.

– Domani vado al «Domaine Capitaine Danjou». È là che devo concordare il carico. Forse sarebbe meglio che venissi anche tu.

– A che servo?

– Non perdi nulla a farti conoscere.

La porta si aprí. Entrò una donna alta e bruna.

– Annick. Edoardo –. Fu la secca presentazione di François.

Era asciutta e pallida, una «Vierge en bois».

– Ho sentito parlare di lei tante volte, da mio marito e da Kerber.

– Anche lei è bretone, – disse François, – con Kerber si capiva bene, avevano, voglio dire, reciproca simpatia.

– Prima dell'ultimo viaggio è venuto qui.

A Edoardo il quadro si faceva chiaro.

– Anche lui si era messo a lavorare per te. E gli è andata male.

– Una mina nel golfo Persico... Ha scelto il momento piú duro. Oggi si va sul velluto.

– Sul velluto direi di no... Comunque spero di aver fortuna, pregherò l'anima di Nelson.

– Se Nelson dovesse sempre intervenire...

– Non riposerebbe mai in pace, – completò Edoardo.

Pensava alle ossa di Kerber, ormai spolpate dalle correnti, in viaggio verso altri mari. Tutte le chiacchiere che avevano fatto, la sera, sulla tolda, se le portava il vento. Borbottò qualcosa sul naufragio.

La donna teneva una mano su quella del marito. Bella coppia assistita dalla sorte: lui solido, massiccio, lei sottile ed elegante. Il pulviscolo luminoso si staccava dai pini nei bagliori della rada, batteva contro i vetri.

– Eravate grandi amici, – lei disse. – Quanti anni avete navigato insieme?

– Il tempo sul mare conta il triplo.

– Dovrei essere gelosa.

– Di che, signora? Nessuno può essere geloso del mare.

Passarono in cucina. Era bianca e linda, molto accogliente. Gli venivano in mente le cucine nerofumo e la brace nei focolari.

– È preoccupato? – chiese la donna.

– Per quel che ho da perdere!

– Sei in una condizione ideale, – intervenne François: – esperienza e bisogno.

– Sí, sono ai gradini bassi dell'umanità. Voi siete gli ultimi signori. Non è per offendervi, dico gli ultimi perché poi chissà cosa verrà.

– Ormai la vita è cosí.

– Se riesco a lavorare per te, anche per me cambierà. Una nuova ventata di dolcezza lo atterrí. La striscia di sole sulle rade, l'effluvio dei rosmarini, il polline sui vetri coi suoi dorati disegni. «Non ci arriverò».

Capitolo quarto

Il sole accendeva qualche fuoco sui tetti di Pietrabruna. Clara aprí il cancello e si fermò. Avvolta dalla luce che sfiorava frane e ulivi inerpicati.

Edoardo le andò incontro.

– Oggi le montagne sono azzurre, – lei disse. – Potremmo star fuori.

Camminarono su venature rocciose. Terre secche, da mandorli, rose dal sole e dal vento. Lo specchio di mare, a cui scendevano strade e sentieri, dava la vertigine.

– Sono già venuta, ma non ti ho trovato.

– Ero a Tolone.

– Stai per imbarcarti? Se hai deciso non ti voglio tormentare, non è piú il momento.

Sedettero sotto un mandorlo. Cambiava brezza. Era marina. C'era un altro stormire. Le rocce grigie fiorivano di bianco, come a segnare il cammino del tempo.

– Sai il giorno della partenza, e sai dove andrai?

– Non so ancora niente. So solo che sarà un viaggio breve.

Forse il piú breve, pensava, nel triste corteo di navigli ch'era ancora la sua vita. Le accarezzò i capelli, densi come il miele, la fronte scolpita. Lei si coricò sui cespi bruciati dal sole, volta al cielo sereno.

– Che fai qui, tra queste pietre? Lo dico a te, ma dovrei dirlo anche a me stesso. Anche se io ho per lo meno i miei alveari dietro la collina.

– A tramontana?

– Adesso comincia la stagione buona. In autunno li porto sul poggio marino.

L'uomo che gli parlava, scrutandolo affettuosamente coi suoi occhi castani e passandosi la mano nella barba grigia, lo aveva riconosciuto subito. «Sei Edoardo, – gli aveva detto, – o qualcuno che gli assomiglia come una goccia d'acqua. Spero che anche tu veda ancora chi sono». Ne era passato del tempo dall'ultima volta che s'erano incontrati... Di notte... adesso ricordava... una notte stellata, sulle alture di Boscomare.

– È faticoso il tuo lavoro?

– No, ma si guadagna poco. Sposto gli alveari, seguo i timi, le lavande, i rosmarini; ho tempo per leggere, per pensare. E tu? Hai smesso di navigare?

– Ho raggiunto un'età in cui dovrei smettere.

– Non sei vecchio.

– Vorrei ritirarmi. Avere anch'io le api nel pendio dei timi.

– Perché mi canzoni?

– Sono sincero.

Davanti al bar, passavano ombre severe sotto la cupola del leccio; sulle petraie splendeva il sole. Sole e vento leggero ne favorivano la fioritura.

– Oggi le api possono lavorare bene, – Edoardo disse.

– Vado a vederle. Vuoi venire?

Andarono dietro Boscomare, passarono le eriche, poi le rocce coi rosmarini penduli. Un traffico d'api punteggiava l'aria tersa. Gli alveari stavano allineati su uno sperone.

– Senti che musica! – disse Giovanni. E con la mano accompagnava il volo nel vento. – Vanno in alto, scendono cariche. Se i fiori fossero in basso, farebbero molta fatica, vivrebbero meno.

– Allora tutto va bene?

– Se vuoi, possiamo tornare.

Il sentiero era stretto, con punti scivolosi su aghi di pino, e dorsi di roccia che affioravano dal terreno. Edoardo pensava all'amico, che lo seguiva, alla notte in cui s'erano visti. Non ricordava che cosa s'erano detti; ma doveva essere qualcosa d'importante, se quella notte gli era rimasta impressa. E, prima o dopo, gli sarebbe venuto in mente. Ad accanirsi si otteneva l'effetto contrario.

Sulla mulattiera camminarono fianco a fianco.

– Torno al bar. Ci si vede domani?

– Vengo al bar anch'io. Devo telefonare. Ti ringrazio della passeggiata.

– Ti ho fatto stancare per non veder niente... Tu che hai girato il mondo...

Nei vicoli del paese non c'era anima viva, solo il vento che portava folate di lentischi. Entrarono nel bar. La signora inglese, la fronte alla vetrata, suonava la chitarra nella luce dell'alto cielo ventoso.

– Signora, mi dispiace disturbarla: posso telefonare?

La signora fece un cenno di assenso e continuò a suonare.

– Do un colpo di telefono a Tolone e ritorno, – disse Edoardo, sottovoce. – Aspettami un minuto.

Quando tornò, disse come tra sé: – Da Tolone ancora niente.

Giovanni lo guardava fisso, con un sorriso mesto.

– È questa musica che ti ha preso?

– Penso a Tolone.

– È là che aspetto un imbarco.

– La sogno quasi tutte le sere. Portami con te, quando ci vai. Saranno tutti morti quelli che conoscevo?

– Chi conoscevi?

Giovanni aprí la giacca consunta e prese il portafogli dalla tasca interna, ne trasse una foto. Era un foto piccola, qua e là rigata. Ma s'indovinavano prue di navi con squarci in una luce sfocata, rottami, amarre spezzate. E una donna guardava con occhi lucenti il porto distrutto. I suoi capelli erano raccolti.

– Chi è questa donna e cos'è questa distruzione?

– Forse una notte ti ho già parlato di lei. Ma tu avevi premura... Questa è la flotta che si è autoaffondata, e questa la donna che avevo. Lei mi ha salvato e io l'ho perduta.

– Ma dove siamo?

– Sul porto di Tolone nel quarantadue. Io ero con le truppe di occupazione. Questa donna ha ventidue anni. Per me è rimasta sempre cosí; per me e per tutti gli altri. Vorrei proprio venire a Tolone, cercarla al cimitero.

– È mica un piccolo cimitero di paese.

– Domanderei a chi l'ha conosciuta, alle amiche, alla padrona del negozio dove lavorava, dove l'ho vista la prima volta... Devo sbrigarmi! Che non mi presenti davanti a Dio senza averla cercata.

– Va bene, ti ci porto... Ma Dio terrà conto che l'hai portata nel cuore.

– Se è per questo, non l'ho mai dimenticata. Vuoi che ti racconti?

– Sembra un destino; ma ho di nuovo premura, fra poco deve venire da me una persona, devo andare a casa. Ti offro da bere e vado. Vengo a cercarti una sera.

Il cielo era alto e stava perdendo il color genziana. Giovanni ripose lentamente la foto nel portafogli, poi lo rimise nella giacca.

Mentre tornava a casa, la sera si fece silenziosa e silenzioso il paese che si rannicchiava nell'ombra. Era rimasto soltanto un po' d'azzurro a occidente, alto, sul pietrisco.

Clara arrivò in quel silenzio e poggiata la mano sul braccio di Edoardo si scusò di avere fatto tardi.

– Non è mai tardi.

– Che hai fatto aspettandomi?

Le raccontò la sua giornata: la camminata sino agli alveari con l'uomo ch'era stato a Tolone e aveva visto il porto distrutto.

– Non mi pare un buon segno, – lei disse.

– E tu che hai fatto?

– Te lo dirò piú tardi.

– Qualche parola, che mi aiuti a capire.

Entrarono in casa. Dalla finestra si vedevano i colli e le valli. Una terra ch'era stata ulivata fino agli ottocento metri e ora abbandonata. Ma c'era tutta una fioritura di ginestre spinose, oro polveroso, su cui cominciavano a volare gli uccelli notturni.

– Viene notte, – lei disse, e accese la luce.

Nel suo volto sinuoso e ossuto, di una dolcezza irregolare, si accordavano inquietudine e sogno.

– Il tuo silenzio non mi pesa, – disse ancora. – Ma vorrei sapere cosa mediti. Puoi ben immaginare la vita di una donna in attesa. Da quanti anni aspetto che ti fermi. Adesso faccio strani sogni. Vuoi sapere l'ultimo? Mi sono vista camminare in un vicolo stretto e sabbioso, vedevo solo i miei piedi, andavo a un appuntamento in una casupola, in un tugurio di cui scorgevo solo la porta.

– Come sapevi ch'eri tu?

– Ho riconosciuto il mio passo. Tu potresti salvarmi da questi sogni mutilati.

Le disse che stava facendo tutto il necessario: ancora bandiere ombra, ma stavolta con un grande compenso... No, non doveva avere paura: si sarebbe mosso con cautela, senza errori. Ma dell'immagine di lei, nel viaggio che preparava, non poteva fare a meno.

– Se tutto finisce senza nostra colpa forse ci si rassegna, – lei andava dicendo. – Non vorrei essere costretta a cancellare anche il tempo piú recente.

Capitolo quinto

A Tolone trovò chiusa l'agenzia marittima e salí sulla collina, alla casa di François. Gli aprí Annick.

– François è andato a Marsiglia. Ma si fermi. Non tarderà a tornare.

– Posso sedermi in giardino?

Il mare era alto e sembrava chinarsi per venire in rada. Se ne staccava una nuvola grigia.

– Ha fatto buon viaggio?

– Dopo Cannes non c'era quasi nessuno per la strada.

Con tatto e gentilezza lei si informò della sua vita. Forse lo faceva con tutti gli uomini che suo marito stava per ingaggiare. Parlandone egli s'accorgeva del poco valore del suo passato: triste sequela di navi, di sogni e orizzonti. Sperava soltanto che non fosse troppo tardi per cambiare.

La donna stava quasi sprofondata su una poltrona di vimini, le gambe accavallate. Aveva la gonna bianca. Anche lei vestiva di bianco (o di nero) come Clara.

– Arthur Kerber se lo ricorda bene? – lei chiese.

– Come se l'avessi visto ieri. Si discorreva sul *Cormorano*. Era, come molti bretoni, un rude sognatore. Veniva da una famiglia di capitani di mare.

– C'era fra noi una fraterna amicizia. Con me si confidava. Lei non viene da gente di mare?

– I miei erano contadini, ulivicoltori.

Gli venivano in mente gli ulivi, dalle fronde quasi minerali e dai tronchi quasi umani. Risplendevano dentro, e sembravano parlare nella luce del mattino.

– Perché viene fin qui a cercar lavoro?

– Cerco lavoro e fortuna. Alla mia età lo trova strano?

– Direi di sí! Ma voi marinai, chi vi capisce? Anche Arthur era incomprensibile, cosí serio, cosí inadatto all'avventura.

– Si vede che anche lui aveva deciso di abbreviare la carriera. Subentrano a volte miraggi improvvisi.

– Di che parlavate sulla nave?

– Quel che si dice su una nave non ha valore. Lui, d'altronde, tra cielo e mare, non parlava. Veniva, come dicevo prima, da una famiglia abituata a navigare, da una famiglia di Saint-Malo.

– Se si sapesse il destino!

– Era di poche parole.

– E lei, invece?

– Ma, non so. Spesso vorrei tacere.

Il tempo cambiava, da grecale fluivano piccole nuvole. Il cielo smorzava il tono e assorbiva il mare, le terre marine erano rarefatte e martellate dalla luce.

Ora lei taceva, forse l'aveva intimidita senza volere. Aveva gli occhi tristi, lievemente ironici.

– Signora, capisco la sua gentilezza, lei vuol farmi compagnia, ma io non so fare conversazione.

La donna sorrise, alzandosi e ricomponendo con una mano i capelli.

– Forse François sta arrivando, – disse. – Sente?... Non sente questa macchina che sale? Avrei voluto parlarle ancora. Verrà di nuovo, spero.

François lo portò con la macchina a Puyloubier, al Domaine, ai piedi della Sainte-Victoire.

– È meglio che ti conoscano.

– Dici?

Una costruzione in cruda pietra, forse un castello, dentro un vigneto, fra due crinali ventosi, dominava un altopiano e una vallata.

– Parla solo se ti interrogano. È brava gente, ma orgogliosa. Non meravigliarti di niente.

– Non mi sono mai meravigliato.

– Sono invalidi, gente ferita.

– È con questa gente che vogliamo fare il nostro affare?

– Sono loro, questi invalidi, che smerciano le armi smesse dalla Legione.

– Tutto è possibile in questo mondo.

– Loro riescono a vivere e la Legione non si compromette. Vedrai: sono dei galantuomini... Aspettami qui, vado ad annunciarti.

– Mi seggo su questa panca.

Si vedeva un uomo che legava le viti: teneva la rafia in bocca e si destreggiava con una sola mano. Spuntavano, sul crinale a occidente, lapidi, croci e torrette, e capre un po' piú lontano. L'atmosfera era grandiosa, dominata dalla montagna arida e bianca nei flutti di un cielo errante.

Erano in tre ad aspettarlo in una sala con un caminetto spento e un pavimento consumato. Spade, fucili e asce alle pareti crude, tutti i tipi d'ascia per boschi e savane, e vanghe, piccole vanghe per scavare trincee nei deserti. Un mondo di malinconia, di sforzi vani.

– Bene, signore! Lei vuole lavorare con noi.

L'uomo che parlava, impettito e sbilenco, aveva un braccio e una spalla anchilosati.

– Per me sarebbe un onore.

– Qualunque cosa accada, lei non dirà mai da dove proviene il carico.

– Di questo può essere certo. Vengo da un paese povero, ma antico; certe regole le conosco.

– Antico nel senso di nobile? Fra queste mura abbiamo certi principî: servire con onore e fedeltà e noi, «les anciens», abbiamo a cuore coloro che nel passato hanno servito. Lei capirà: c'è necessità di aiuto sociale e fraterno.

Là sulla collina ci sono i nostri morti. Erano sparsi nel mondo, abbiamo raccolto tutti quelli che abbiamo potuto.

– Onore a loro, – Edoardo disse. Pensava alle loro ombre fra quelle petraie, sotto la montagna bianca.

Passarono nel salone bar. C'era un grande banco di quercia e foto di soldati alle pareti. S'aggiunsero alla compagnia un mutilato d'una gamba e un suonatore di flicorno. Suonava nel fumo che filtrava la luce.

Quando se ne andarono, il sole era obliquo e l'azzurro intagliava la montagna. Il cielo si dorava a maestrale.

– Basta, – disse François, – con questi «Médaillés Militaires» e «Gueules Cassées». Non se ne può piú.

– Erano amichevoli. Chissà se la loro è forza o debolezza?

– Perché te lo chiedi? Gli sei andato a genio.

– In fondo non mi hanno domandato niente. Nemmeno il nome.

François si mise a ridere.

– Ognuno è custode del suo anonimato. Non far domande sul passato è una regola formale. Hai azzeccato due o tre parole: l'onore, la nobiltà...

– Speriamo che tutto vada bene. Ma ho l'impressione che siamo ancora in alto mare.

Andavano con la macchina nell'arido sole, che schiacciava i cespugli e le vigne.

Capitolo sesto

Tornò poco convinto. Gli sembrava d'essersi accostato a un mondo morto, morto come l'anima del suo paese. Pietrabruna manteneva il suo involucro: l'erba parietaria sulle muraglie, gerani e garofani alle balaustre. Ma la vita dov'era, fuori delle sciabolate del cielo, fuori del vento? Il grigioperla della chiesa stava annerendo, il cornicione cadeva. Nei vicoli passava qualche persona, fugace come un'ombra. Se il paese aveva ancora un'anima, era un'anima stanca.

Gli aveva lasciato un senso di malinconia quel viaggio alla ricerca di un lavoro. E adesso «Ehi, della vita!» avrebbe avuto voglia di chiamare, attraversando Pietrabruna. Al bar gli venne in mente la sua infanzia, l'adolescenza. Tornava il mare, il tempo in cui andava a pescare per pagarsi gli studi; andava sulle luci, alla lampara, conduceva sulle secche i banchi di pesce azzurro: nel raggio luminoso, un groviglio che guizzava. O impazziva.

Piovigginava e poi veniva il sole. Nei dirupi i lentischi erano piú smaglianti, cristalline le ginestre: tremavano i calici giallo-oro sui rami giunchiformi. Sembrava che la terra, a differenza del paese, mandasse vistosi messaggi a ogni ritorno del sereno.

Gli vennero in mente i suoi ulivi e si propose di andarli a vedere prima di ripartire. Avrebbe voluto avere con loro un dialogo, divenire davanti a loro un uomo di preghiera.

Quante volte li aveva portati sul mare come un oppio, un sogno. Quanti dormienti svegli c'erano sul mare, perduti in silenziosi monologhi, separati dagli altri uomini. Riflessivi e saggi, con improvvise e piene gioie marine. Maniaci dialoganti con la propria ombra.

Nel pomeriggio, al bar, ritrovò Giovanni. Portava sulla giacca una grande sciarpa.

– Le ginestre ci danno i primi fiori.

– Hai già fatto visita agli alveari? Vorrei che mi raccontassi di Tolone. Oggi il tempo non mi manca.

– Davvero vuoi che ti racconti? Non so se riesco ancora a mettere insieme i fatti di quei giorni. Cercherò di ricordare. Sono passati tanti anni.

– Fa' uno sforzo. Andavi cosí liscio... Se non ti avessi interrotto, pochi giorni fa...

– Oggi un po' piove, un po' è sereno.

– Lavorano male le api?

– Lavorano bene. Trovano sul fiore stesso la goccia per impastare il nettare. Ma andiamo a casa mia, staremo piú tranquilli.

Restarono dov'erano, sul terrazzo del bar. La voce di Giovanni era strana, dentro le frasi una specie di singhiozzo, un suono di violino: l'accento del paese di montagna, dov'era nato. Si sarebbe detto che dentro quella voce il mondo si lamentasse.

Che cercava laggiú nel tempo, dentro Tolone morta? Gli doveva apparire a squarci il sogno che lo aveva sorretto in quegli anni, e a cui poi s'era accostato per tutta la vita in un tu per tu silenzioso.

Era entrato a Tolone con una compagnia di Alpini, e vi erano rimasti cinque giorni, poi s'erano ritirati sulle alture di Hyères. Cinque giorni per vedere lo scempio: sessanta navi autoaffondate, solo qualche sommergibile era riuscito a fuggire. «Come avrei voluto che quella flotta fosse riuscita a salpare! Ma i tedeschi avevano già piazzato i cannoni all'imbocco delle rade...» Si era tra novembre e dicembre, in una prolungata estate di San Martino. Quel mare cimiteriale e raccolto veniva a terra tra le prue in lunghi tramonti. Aveva pietà del mare, lui uomo di montagna. Sulle rive del porto, sull'imbarcadero, una donna guardava.

«Che fate?»

«Ho un fratello sui sommergibili fuggiti».

«Spero che sia già lontano, che la fortuna l'assista».

Giovanni parlava a ondate. I suoi occhi andavano dal verde al nero nel volto ormai vecchio, colore di un lago in ombra, coperto da picchi e da fronde. La mano spesso si alzava in gesti di prudenza.

Edoardo gli domandò com'era quella donna.

– Aveva del coraggio e del sentimento... L'Otto Settembre mi portò i vestiti borghesi. Mi accompagnò sul treno sino a Mentone, e poi per sentieri per passare il confine. Lassú a casa mia non so che le prese, cominciò a piangere, a dimagrire. Voleva tornare a Tolone. L'accompagnai di nuovo per sentieri alla stazione d'oltre confine. «Vieni con me, diceva, non tornare indietro». Mi fece giurare, guardando le stelle, che l'avrei cercata appena finita la guerra. Ma io rinviavo, rinviavo...

– Che stanchezza ti aveva preso?

In quel momento Giovanni aveva chiuso gli occhi. Un po' smarrito al punto cruciale della sua storia. La padrona del bar accordava la chitarra, il cielo si sgombrava, le montagne tornavano a stagliarsi.

Entrarono due tipi, né giovani, né vecchi.

– Finisse questa angoscia di tempo, – uno disse. – Piovesse una buona volta. Ci sono in giro i temporali.

Giovanni non parve nemmeno udire.

– Una donna per la vita, – disse. – Ancora non ti ho detto com'era... la sua dolcezza, la sua decisione. Oggi non ne esistono piú... Sapessi raccontare, maneggiare le parole, fossi piú giovane...

Esitava. Sembrava che qualcosa gli facesse paura.

– Non ci pensare. Racconterai un'altra volta.

Giovanni fece un cenno di assenso. Come umiliato, domandò che ora era.

Suonava la campana del ritorno: chi era dal mattino a buon'ora sulle terrazze dava l'ultimo colpo.

Le nuvole sopra la collina erano incrostate di sole, lievi, a forma di falce. Il sentiero andava nei gerbidi, tra i cespugli. Ogni tanto il giallo delle ginestre invadeva il color cenere del pietrisco. Qualcosa di sereno, di luminoso era in quell'erta, qualcosa che sembrava provenire da una giornata già vissuta. L'aria tra dossi e nuvole aveva un che di eterno.

Lei amava quei posti: i cespugli piú degli alberi.

– Che hai combinato in questi giorni?

– Niente, Clara, quasi niente. Non so piú dove aggrapparmi e che cosa mi attende.

– Dovevi preparare il gran viaggio. Com'è andata a Tolone?

– Mi è parsa gente degna. Ma bisogna aspettare.

– Aspettiamo. Ma se riuscissi a liberarmi di te sarebbe molto piú semplice, piú semplice per tutti e due.

Echeggiavano voci e un canto d'usignolo. Arrivò un vagabondo, la giacca sulla spalla, le guance chiazzate dalla barba di una settimana.

– Buon giorno, buona passeggiata.

– Buon giorno a lei, signore.

– Sono un prete, ma non importa.

Adesso lo riconosceva, pur nel controluce.

– Don Alberto!

– Io ti ho riconosciuto subito. Non volevo disturbare.

– Sempre solo.

– Vengo da trovare un vecchio, alla Madonna di Prealba.

– C'è ancora qualcuno su nelle campagne?

– Fa una vita da certosino, non vuole scendere.

– Studio e lavoro?

– Solo lavoro. Un'Avemaria di quando in quando. Ma questo basta.

Edoardo spaziò gli occhi verso l'alto, alle terrazze tutte gerbide, sino alla roccia colore del sole. Sussultò dentro, per un ricordo.

– Si sente ancora la musica d'organo alle Due Canne?

– C'è poca acqua, gorgoglia piano. Forse di notte si sente meglio.

Sedettero per terra. Clara si reggeva sui gomiti, testa rovesciata, capelli sparsi, la mano sui sassi. Alberto aveva gli occhi come imbrigliati, un leggero tremito al mento.

– Anche la nostra vita gorgoglia poco; siamo cambiati, siamo vicini al secco.

Giungeva il canto dell'usignolo attraverso le foglie di una vitalba, dal fondo del ritano. Era al «rallentando», una nota in tre sospiri, quasi canto del silenzio. Poi riprese la strofa del gorgheggio.

– Tu hai finito, o sei in vacanza?

– Riparto, se ci riesco.

– Ripartire. Per te non dev'essere un problema. Io, il mio dovere l'ho fatto, sto per finire.

– Basta finir bene.

– Bisognerà vedere. Chissà su cosa chiuderemo gli occhi?

– Sarà presunzione, ma a me pare di saperlo.

– E lei, signora, che ne dice?

– Su un'alba di mare. Cosí mi auguro.

Alberto li portò a una cappella. Doveva passarci e si fece accompagnare. La cappella era ruvida nell'aria dura del costone, di pietra del posto, di puddinga. Dentro era spoglia; solo un'ardesia per altare. Su una parete un olio su legno. L'arcangelo Michele vi pesava le anime, sull'altro piatto della bilancia il Libro della vita (cosí diceva Alberto). L'arcangelo aleggiava su una folla in danza, e qualcuno cadeva senza fiato. Dietro un cespuglio, uno scheletro arciere.

– È tutto a posto, – disse Alberto, – il tetto regge e il quadro non l'hanno rubato.

Richiuse la porta e intascò la chiave.

– Facciamo un pezzo di strada insieme, sino all'incrocio? – disse ancora.

Sarà stata l'ombra, sarà stata la sera, Alberto ogni tanto si fermava per parlare della sua infanzia a Pietrabruna... Adesso che invecchiava, avrebbero voluto assegnargliela, ma lui rifiutava.

Edoardo gli disse che il paese che l'aveva offeso, se l'aveva offeso, ormai non esisteva, era scomparso.

– Tante cose sono scomparse; ma a volte i tempi tornano.

– Ha ragione, – disse Clara, – anche noi desideriamo partire.

– Quando finisco qui me ne vado in un ospizio. Son già d'accordo.

Erano giunti al pino grande, all'incrocio delle mulattiere. Le montagne tornavano a stagliarsi; sul mare tornava un po' di cobalto, dopo le evanescenze del tramonto. Ricomparivano i paesi sulle spalliere, prima del buio.

– Sono quasi arrivato, – disse Alberto.

– Noi abbiamo la macchina qui sotto.

Clara aveva un indugio, non si staccava.

– Posso chiedere una cosa? – disse. – Cos'è questo libro della vita? Il mio non fa volume.

– Non si sa mica bene: è il libro in base al quale verremo giudicati. Tanto piú la vita è ricca, tanto piú l'anima deve avere un peso.

Edoardo guardava per terra le pietre vagabonde nell'ombra che saliva.

– Non avrei mai pensato di incontrarvi da queste parti. Se sapeste quanto sono contento.

Si salutarono quasi di fretta.

A casa, lei spalancò tutte le finestre. Poi cenarono, una cena parca. C'era una riga di stelle tra due rocce. Un fruscio arido saliva per le terrazze.

Al mattino, Clara aveva gli occhi trasognati e come carichi di un'ironia segreta.

Il fruscio era sparito e si sentivano dei passi. Una vecchia andava per le terrazze, gettava semi ai colombi che si staccavano dai mandorli.

– Invece di aiutarmi, va' su queste tue navi da vagabondo.

Non sapeva cosa dirle. Gli venne in mente la fontana di Prealba, la sua musica d'organo; le propose di andarvi.

– Oggi non posso, non so quando ci vedremo, – disse Clara.

Riempiva col suo corpo la vuota luce del mattino.

La chiamata da Tolone non veniva. E se ne stava a Pietrabruna. Certi pomeriggi, riandava alla vita di Clara: c'erano in quel passato punti dolcissimi e momenti di grande disperazione. E ne tornava pieno di fatica e di malinconia.

Nuvole livide circondavano le montagne. Colpi di sole rendevano la terra colore del bronzo, e cirri dorati si alzavano dal mare.

La signora inglese del bar lo aveva preso in simpatia.

– Verrà l'estate e avrà dei compagni, il bar non sarà piú vuoto.

– Spero d'essere già partito.

– E dove andrà?

– Vorrei rimettermi a navigare.

– Guardi un po' che tempo. Tra poco tornerà a piovere. Non ha nessuno qui in paese?

– Una persona che non sopporta piú le mie assenze.

Gli venne in mente che lei gli aveva detto: «Ormai siamo alla fine». Non conosceva i tempi lunghi del mare.

Entrò un uomo con la forbice sotto il braccio e la roncola alla cintura, immagine della vita che fu. «Proprio come mio padre: occhi stanchi e duri». Portava con sé l'aria dei dossi e delle nuvole.

– Come va nella campagna? – gli chiese.

– È dura, sempre piú dura.

– Che cosa le posso offrire?

– Un marsala... Grazie.

«Proprio come mio padre! Disprezzano quello che producono, disprezzano il vino. Il marsala gli sembra piú nobile».

– In campagna oggi faceva vento e passavano le nuvole, – l'uomo disse. – Lei non è di questo paese?

– Sí, lo sono.

– E ci si trova bene?

– Dipende.

L'uomo parlava della campagna e se ne mostrava deluso. Era il loro modo di fare.

– Dove vorrebbe essere? – provò a chiedergli.

– A Marsiglia.

– Non le piace proprio niente di questa valle?

– Un tempo mi piacevano i sabbioni dove crescevano i castagni. Li chiamavano, negli atti, terre castaneative. Sono girati a nord.

– Non sono ancora andato a vederle.

– Perché non andiamo a bere nella mia cantina?

Si alzarono per andare. Attraversare il paese gli procurò qualche emozione. La casa era strettissima, ma su tre piani. Quasi tutto il paese era fatto di stanzini bui, a cui si accedeva per scale contorte. Bastava un tetto a chi tornava stanco dalla campagna, specie se pioveva. D'estate poi, si era preso tanto sole che le finestre non servivano. Bastava averne una.

In cantina spirava un'aria di conforto. Damigiane e bancale dei fichi, due sedie e un ceppo. Uno spiraglio di luce e un fiore radicato nel polverume del balconetto di là dalla grata.

– Scusi il disordine.

– Siamo nel lusso.

Guardava il fiore cresciuto nella polvere: foglie carenate, borsetta nera e, sopra, un bruno porporino con screziature.

– Sembra una farfalla.

– Le attira. Vengono, credono di accoppiarsi, scuotono il suo polline. Le inganna. Non le piace questo vino?

– Ottimo.

– Posi pure il bicchiere sopra il ceppo. Ne vuole ancora?

– Ancora uno, grazie.

– Ci si regge male su una gamba sola.

– Non devo bere troppo.

– Ormai siamo in crociera.

– Anche lei è stato in marina?

– Ho fatto di tutto in immaginazione su quei costoni in faccia al mare... Immaginavo anche d'essere nato a Marsiglia... Ma a che pensa?

– A niente. A certi signori della guerra.

(Avevano vigne al sole e armi scadute sotto la bianca montagna).

– È meglio che beviamo ancora una volta.

– Ma poi torniamo al bar, voglio offrire qualcosa io.

L'ombra dei vicoli s'era fatta piú fredda. Solo un melograno scorticato e pendulo tingeva l'aria.

– Stia attento a dove mette i piedi. Dobbiamo camminare con dignità.

Al bar si fermarono sul terrazzo. Era ancora giorno, era venuto fuori un azzurro tenue, insolito sul Mediterraneo. Aveva dorsi che lentamente si doravano.

– A che punto siamo?

– Siamo lontani da Marsiglia?

– Cambiamo rotta, amico. Non è un paradiso. Ci mettono le manette e ci ficcano nel Fort Saint-Nicolas.

L'altro sembrava offeso e se ne andava. Ma si voltò e disse:

– Sono le montagne che non si incontrano. Ci si vede domani?

Si volse di nuovo a valle: il mare saliva all'orizzonte arato dal cielo e dal sole. Gli si avvicinò la padrona del bar. Indicandoglielo, le chiese:

– Può capire, signora, il suo messaggio?

– Le consiglio di prendere un tè, vorrei offrirglielo.

– Eppure lei è inglese, e sorella di un ufficiale di una grande marina. Non sa dirmi cosa manda a dire?

– Posso dire che cosa provo a guardarlo. È diverso dall'Atlantico e dal Mare del Nord.

A nord, quando il mare era alto, un baratro inglobava i rilievi. Un'ala grigia batteva i crinali.

Finito il tè, si avviò verso casa. La sera sfiorava i tetti, entrava nei vicoli, girava nel cielo e rovesciava sugli ulivi una luce arcaica.

Capitolo settimo

E venne il giorno che lo chiamarono. Andò sulla collina a nord di Tolone, da François. Cenò con lui e la moglie.

– Ti sei portato il libretto di navigazione?

– Ce l'ho sempre con me.

Doveva andare a prendere una nave a Saint-Malo, una nave honduregna. Chiese dell'equipaggio.

– Eterogeneo: marinai filippini e birmani.

– Oggi è cosí.

– Il nostromo è di Marsiglia o giú di là. Tipo in gamba. L'ufficiale in seconda è molto giovane.

– E di dov'è?

– Spagnolo, anzi basco, di Bilbao. I baschi sono un po' folli.

– La follia è un fatto personale. Non avrà esperienza. Speriamo in Dio.

– Lei non ha paura di niente? – intervenne Annick.

François le mise un braccio sulla spalla. Doveva esserci tra loro un amore consumato e complice. Sotto il braccio di lui quella spalla si sollevò.

– Abbiamo navigato insieme, mia cara. È ancora meglio di Arthur.

– Paura ne abbiamo tutti, – disse Edoardo. – Quando parto per Saint-Malo?

– Domattina c'è un volo per Rennes. Ho prenotato. Porti la nave a Tolone, e la carichiamo.

La sera, uscí in giardino. Era un'estate che finiva, un'estate di passaggi di nuvole leggere. Le stelle comparivano di continuo sopra il mare. Annick lo raggiunse, gli sedette di fronte, chiese come mai non dormiva.

– Non so perché. Qui la Francia è dolce, mi piace guardare.

Le rade avevano una loro lentissima pulsazione. Ritmo antico, quasi primordiale dei fari mediterranei. Costa che si componeva in una mesta felicità di scogli, di penisole.

– È preoccupato? Come pensa che finirà?

– Dipende da tante cose.

– L'equipaggio non la convince?

– Vedremo a Saint-Malo. Tutto dipende dal capitano d'armamento, dalla sua coscienza e conoscenza degli uomini... Tenere la rotta è un compito da niente.

– Che lascia a terra?

– Mi ci faccia pensare...

– Non lascia niente, ho capito.

Tornavano le vigne sulle cime, gli eterni confini, le liti per difenderli. Pagine di miseri ricordi, voltate dal vento.

Annick stava con le braccia abbandonate e guardava il mare, la testa sulla spalliera di vimini. Pareva volesse parlare, ma non parlava.

– Mi dovrebbe fare un piacere, – disse infine. – Dovrebbe andare dalla moglie di Arthur a Saint-Malo. Domani le do l'indirizzo.

– Che le devo dire?

– Quando torna, mi dirà come sta. Ora andiamo a dormire, domani si alza presto.

– Sí! Buona notte! – Ma gli pareva che lei non avesse parlato di ciò che le stava a cuore.

François lo portò a Marsiglia. Prese l'aereo per Rennes, poi un treno per Saint-Malo. Raggiunse i «remparts».

Città dura, chiusa in un paesaggio di maree. Terre scheggiate, contro il mare, o fluttuanti come veli in una lunga luce. In una solitudine malva, dietro Cap Fréhel, tramontava il sole.

Adesso cominciava a tornare alla vita franante del marinaio e gli occorreva un punto fisso e lontano...

Il capitano d'armamento aveva l'ufficio in uno sgabuzzino buio.

Era un uomo anziano, con la barba grigia e gli occhi d'un celeste vetroso. Aveva un'aria seria, quasi severa. Chiese a Edoardo se aveva fatto buon viaggio. Lo rassicurò sullo stato di navigabilità della nave. Gli sottopose un documento che esonerava colui che l'aveva armata da responsabilità per perdita o danno provenienti:

da fatto, negligenza o colpa del capitano, di un marinaio, del pilota;
da incendio;
dai rischi, pericoli o accidenti di mare o di altre acque navigabili;
da un «atto di Dio»;
da fatti di guerra;
da un decreto o ingiunzione del sovrano, di autorità o di popolo o da un sequestro giudiziario;
da salvataggio o tentativo di salvataggio di vite o cose in mare;
da vizi occulti che sfuggono a una diligenza ragionevole.

– Ma cos'è quest'ultima clausola?

– Noi, capitani di armamento di Saint-Malo, concludiamo sempre cosí. Non abbia paura a firmare. Lei che viene dalla Liguria, terra di buoni capitani, sa benissimo che quella clausola è ragionevole... Ecco, bravissimo, firmi. Domani le presento l'equipaggio.

– E com'è? Con l'equipaggio non si può scherzare.

Tutto era in ordine sull'*Hondurian Star*. Sembravano onestissime persone quegli ufficiali. Del resto, chi poteva giudicarli? I marinai erano silenziosi e miti.

Alle carte di declinazione erano affiancate le carte di forza verticale e di forza orizzontale.

– Sono lieto di aver fatto la vostra conoscenza. Tutti qui stasera alle undici, – disse Edoardo.

C'era alta marea, flutti in ascesa e onde che zappavano il fondo del porto.

Nel bastion Saint-Philippe, fra muraglie e alte case irte di camini, circolavano gli ultimi turisti. Edoardo trovò la porta che cercava. Suonò e attese.

Era iniziata la bassa marea. Di là dalla finestra, nel perla punteggiato d'avorio, passavano due cormorani; battendo veloci le ali, seguivano una nuvola. I gabbiani scendevano sul pesce in secca.

La donna teneva la mano e il braccio su una tovaglia a quadri. Entrava una luce forte. Ogni tanto socchiudeva gli occhi. Ciocche di capelli bianchi ravvivavano la sua testa castana.

– Le dà fastidio questa luce?

– Ci sono abituato.

Avevano parlato di Arthur. Erano passati anni e la sua fine ancora la offendeva. Non si rassegnava a non sapere dove fosse finito. Edoardo le aveva spiegato che c'era nel mare una linea neutrale, dove i flutti in ascesa e in discesa si bilanciavano. A terra di quella linea, i corpi venivano sospinti verso la riva; al largo, verso gli abissi. Ma c'era anche una linea subacquea, fra masse in contrasto, dove i corpi camminavano. Erano cose che lei certamente sapeva.

Con quella luce negli occhi, lei lo fissava. Gli chiese a che ora sarebbero partiti.

– Intorno a mezzanotte, credo.

– Allora si potrebbe fermare a cena.

– La ringrazio. Ma devo essere a bordo molto prima.

– Come si chiama la nave?

– *Hondurian Star*.

Lei scosse il capo.

– Non si fidi di quelli di Tolone.

– Bisogna rischiare per sopravvivere.

– Parla come Arthur... Ripassi da me, se torna a Saint-Malo, venga con piú tempo.

Lo accompagnò per le scale. Al portone, le sfuggí un gesto fraterno: la mano sulla spalla, lieve, protettiva.

– Se volesse restare qualche giorno... Veda di tornare, mi raccomando.

Stette a guardarlo dal vano della porta. Donna di Bretagna, non si impressionava di nulla: gli abissi erano culla in qualche modo, e silenzioso cammino.

Passando la punta del Decollato, il mare dava colpi d'ariete. Poi presero il mare alto. Persero di vista i fari. Il cielo era limpido, con un cordone all'orizzonte.

Ci fu il cambio di guardia e venne al timone il terzo ufficiale. Era lo spagnolo che François aveva annunciato a Edoardo come secondo. Il secondo era francese, di Gravelines.

– Stia attento, – disse Edoardo, – la bussola risente i ferri dolci. Qualche sbarra la influenza. Meglio fare di sovente il punto nave.

Cassiopea era nel meridiano sotto il polo: aveva la nota forma di un W. Tauri era di un colore rosa pallido. C'erano altre stelle brillanti in semicircolo. Ma non riusciva a riconoscerle.

Lo chiese al ragazzo. Il ragazzo disse:

– Sono inesperto... Ma lei non riposa, non va a dormire?

– Preferisco riposare di giorno.

Riconobbe Sirio, bianca, con riflessi azzurri, sull'allineamento del cinto di Orione.

Erano tutte stelle da punti nave, all'occorrenza.

Studiò un poco il sestante: il prisma birifrangente aveva zone opache. Ci si poteva aggiustare.

Tutto andava bene. Per quanto non si potesse mai dire, in mare.

– Guardi un po' dove andiamo, Manuel.

– Non si vede l'orizzonte, – disse il giovane Terzo.

Il cielo intorno alla luna si era fatto nuvoloso; proiettava ombre scure. Montagne che vagavano e si frangevano tra le stelle.

Stavano uscendo dalla corrente del Golfo. Un'onda di translazione allisciò il mare.

Si accesero la sigaretta.

Si rollava. A dritta, doveva esserci un difetto nell'aletta di rollio.

– Come mai lei è qui, cosí giovane? Che carriera vuol cominciare?

– Non le piace la nave?

– Non ne ho una grande opinione... rimanga fra noi. Ne deve aver fatti di percorsi, e non credo che ci abbandoni.

Ora tornava il vero orizzonte.

– Il cielo si muove.

Tirava aria fredda, la coda di un «suroît» in formazione. L'avevano scampato. Il mare in prua.

– Fra qualche ora in Bretagna si scatena.

Ora il pensiero ritornava alla donna di Saint-Malo, al paese delle maree, dei Perdoni.

In mare ci si interroga, ma si tace. Non si può chiedere perché sono là a un centinaio di persone. Molte non lo sanno nemmeno. Provvisoriamente uniti, a nome di una scassata nave. Insopportazione, simpatia, affetti... tutto è secondario. Coi mesi, gli anni, può nascere un'amicizia che, sbarcando, intona la sua melanconia.

L'*Hondurian Star* procedeva. A Edoardo ora veniva qualche ombra da Pietrabruna, colpi di luce sui crinali.

– Vado a riposare, – disse. – Siamo dopo il plenilunio. Se devi misurare, osserva il lato inferiore. Ma se è passata a ovest, osserva quello superiore.

S'accorse che aveva dato del tu al Terzo. Ma era tanto giovane. E si parlava come si poteva nella babele delle lingue.

– Buon riposo.

L'astro passava a ovest in quel momento.

Ricordò un sogno mentre prendeva il caffelatte. Era in fondo a una gola, all'abbazia di San Fruttuoso. E per uscirne doveva salire alle Pietre Strette... Gli stava bene! Cosa andava a sognare!

Gli arrivò di nuovo un colpo da Pietrabruna: la luce negli ulivi.

Il mare era calmo, e senza rive.

Anche al Secondo, un uomo sui quaranta, avrebbe voluto domandare come mai era lí, per quali circostanze della vita. Ma non domandò niente.

C'era il sole steso, la foschia a ovest. Correva rapida in senso longitudinale. Ogni tanto, come spinta dal sole, partiva verso il cielo.

Si faceva navigazione stimata, già risolta sulla carta. Non c'era stato errore di governo, anche se la nave aveva tendenza a portare la prua al vento. Il timoniere era stato abile.

– Stanotte, poco prima dell'alba, c'era pieno di battelli-fanale a cinquanta gradi ovest.

– I soliti pescatori portoghesi.

Punto stimato: al largo del golfo di Biscaglia. S'incrociavano nel cielo delle lame: dorate e argentee. Si formava il Mistral: sarebbe arrivato a Tolone prima della nave.

Il mare aveva il colore rosa della costellazione di Tauri, con turchini minacciosi, a chiazze. Ci si affezionava a tutti i colori che non fossero l'azzurro. Salvo a rimpiangerlo, se mancava da molto.

– Stanotte il fanale a luce bianca a proravia funzionava male. Si offuscava.

– Lo farò guardare, – disse il Secondo. E dopo un lungo silenzio: – A Tolone sono pronti ad abbandonare noi e la nave.

– Lei ha problemi?

– Ho scrupoli, forse ho paura.

– Proprio voi, di Gravelines, che facevate contrabbando già nel Seicento?

– Questo è vero. Ma le armi, al giorno d'oggi...

– Intanto non le abbiamo ancora... E se saremo chiamati a renderne conto, ci difenderemo.

– Davanti a chi?

– Non su questa terra. Su questa terra, non ci devono prendere. Lei ha famiglia?

– Ho moglie e due figli.

La notte era scura, l'atmosfera chiara. L'astro mattutino era Saturno, passato al meridiano superiore Greenwich. L'orizzonte era indefinito.

– La vite di richiamo ha un po' di gioco, – disse il Primo ufficiale.

– Verifichiamo, – disse Edoardo.

Spostarono in fuori, di poco, il tubo oculare: l'immagine dell'astro restò rotonda. Non si allungava, né si deformava. Non aveva aberrazione.

– Si può fare il punto.

– Non è meglio aspettare l'ottimo orizzonte? Magari quando spunta l'alba?

– L'astro può sparire dietro quella nuvola.

Non persero tempo. Misurarono. Si stavano avvicinando a Gibilterra, ma la terra era ancora al di là dell'orizzonte.

– Perché non va un po' a dormire e riposa gli occhi?

Aveva occhi chiari picchiettati di sangue. Era senza giacca e teneva la camicia aperta. Si scaldava con l'alcool.

– Tanto io non dormo, – disse con uno screpolato sorriso.

«Sembra sognare a occhi aperti... Ma che dorma o non dorma non ha importanza. Questi tipi della Franca Contea, cosí orgogliosi». Gli sarebbe piaciuta, aveva detto la sera a cena, una bella guerra di religione.

– Non sente il freddo?

Era l'alba. Scorreva luce da ogni parte. Uno stormo di pivieri passava il verde che bruciava a oriente. Nuvole, ridotte a fuliggine, correvano sull'azzurro.

Capitolo ottavo

Era di nuovo a Tolone, nell'agenzia di François. L'*HonHondurian Star* era entrata di mattina, col sole di fianco. Avevano gettato l'ancora (a picco lungo!) nella Grande Rada.

A terra s'adattava male, le prime ore: troppo sole sul Mediterraneo, troppa luce, con l'orizzonte spesso abbassato per rifrazione.

– Com'è quest'equipaggio, amico? Non tutto da forca, spero.

– C'è calma e prontezza.

Gli alberi sulla porta gettavano un'ombra severa.

– Stasera ti aspetto a cena.

– Veramente, ho promesso al Terzo... È quasi un ragazzo.

– Anche mia moglie ti aspetta. Vedi di aggiustarti.

– Non posso portarlo?

– Credo di sí. A mia moglie farà piacere. Adesso tocca a noi, poi tocca di nuovo a te. Vedo che ti sei già affezionato. Forse è bene.

Rivedeva l'equipaggio in una luce di sale.

– I marinai sono mal pagati.

– Non si può accontentare tutti: marinai e ufficiali. Vieni stasera, parleremo di tante cose.

Era tornata la segretaria con tre tazze di caffè ferme come pietre.

– Sono cresciuto in un porto, – diceva Manuel, – sotto una roccia altissima. Solo d'estate era toccato dal sole.

D'inverno la luce era lontana, nel golfo di Biscaglia. Sono di Enlachova, paese di sole donne. Gli uomini sempre a pescare, fino in Norvegia.

– Io sono nato in un paese fra gli ulivi, troppo bruciato dal sole... Tu hai famiglia?

– La madre, e basta. E lei?

– Diamoci del tu, una buona volta.

Su un bacino, le ombre di un volo di gabbiani e nell'aria forte azzurri i colli di Tolone. Scuotevano la rada i colpi sordi di una boa a campana.

– Il mare s'alza al molo foriero.

– Adesso andiamo in un posto dove è meglio parlare il meno possibile.

– Dove andiamo?

– Da uno che ci dà il lavoro. Ma è uno come noi, che ha navigato.

– Abita lontano?

– Su in collina.

Nel giardino di François ci si vedeva ancora. Spiccava il muro giallo e il tavolo apparecchiato. La buganvillea entrava lentamente nel riposo della notte.

– Si potrebbe brindare all'*Hondurian Star*. Non è una gran bella nave?

– Fila via liscia, ma va un po' aiutata, – disse Edoardo.

François lo guardò negli occhi. Disse che non occorreva essere tanto scrupolosi al giorno d'oggi; il viaggio era andato d'incanto; il tempo di caricare e lo si sarebbe ripreso.

– Per quale destinazione?

– Neum, l'unico sbocco al mare della Bosnia. Ma può darsi che si debba cambiare, te lo diremo per strada.

– Il Mediterraneo è tutto sotto controllo. C'è una cappa d'ascolto.

A un colpo di vento la buganvillea si mise a stridere.

– Perché state cosí al buio?

Annick, comparsa sul vialetto, accese una boccia in un'aiuola. La gonna corta le si accollava alle gambe. All'aria delle alture le rade rispondevano con tremori luminosi. La luce bianca per terra sembrava sollevare i pini. Una stella si spezzava su un ramo.

Annick adesso chiedeva al giovane ufficiale com'erano le donne del suo paese.

Era un paese piccolo, disse Manuel, gli uomini sempre in mare. Le donne cantavano su due panche nelle lunghe sere; su una facevano la parte degli uomini. Erano dialoghi d'amore, tramandati; ma che potevano variare.

Una peruviana dal sorriso inerme cambiava i bicchieri. La cena stava per finire.

– E dell'Europa che ne dite? – François chiese. – Che ne dite di questa guerra? Siamo di nuovo all'avventura?

– È solo una malattia, – disse Edoardo, – è solo un flagello.

– Sentiamo questo giovane spagnolo.

Manuel incrociò le braccia.

– Non posso esprimere un parere. Mio padre tremava quando parlava della guerra civile. Per principio, non ne voleva parlare.

Edoardo chinò la testa. Passava per la sua mente un vecchio mondo di rovine. Poi lo sfiorò una farfalla, che si posò sul tavolo, ali screziate di madreperla.

– Andavo in Spagna da ragazza, – Annick diceva. – C'erano certi locali... – Un'ombra di malizia passava sul suo volto severo. – Ho sentito dire che li hanno chiusi, che sono diventati pericolosi.

– È cambiata la vita in Spagna.

– E dove non è cambiata? – disse Edoardo. Poi pensò ch'era cambiata poco dappertutto.

– È vero che le sere di Madrid sono le piú lunghe d'Europa? La gente non va mai a dormire?

– Madrid non la frequento, signora. Abito tra Bilbao e San Sebastián.

– Dev'essere sempre bello là da voi.

– Un po' rovinato. E mi dispiace.

Poi Annick si rivolse a Edoardo:

– Ha avuto il tempo, a Saint-Malo, di andare da Geneviève? Se ne è ricordato?

Edoardo le disse di quell'incontro, della dolcezza e della forza di quella donna.

– Mi fa piacere che l'abbia trovata bene.

– Per quella mezz'ora che l'ho vista, l'ho trovata, non so come dire, serena... e dominava bene la sua tristezza. Avrebbe voluto sapere dov'era finito Arthur.

– Tutti lo vorremmo sapere.

La farfalla tentava di prendere il volo; allargava le ali, sfrangiate e dorate agli orli; col tempo si sarebbero fatte bianche: apparteneva alla famiglia delle Ninfali.

– Anche il suo paese è rovinato? – chiese Annick, dopo un lungo silenzio.

– Ben piú di quello di Manuel, credo.

Vedeva ulivi malati tra gli aliti che si alzavano verso gli ultimi muri.

– Allora perché vi abita? Un marinaio può vivere dove vuole.

– Cosa vuole, signora, che cerchi un altro posto? Rimarrei a metà strada. Ma forse cosí è il destino.

– Il mondo va alla deriva, – François disse. – Noi siamo imbarcati sotto una buona stella, per fortuna, su una buona nave.

– Quanti giorni ci vorranno prima di ripartire?

– Non piú di una settimana, spero, il tempo di far le cose per bene. Col carico non si scherza.

Andarono giú in taxi. Era mattino. Alitava un vento leggero. Avevano dormito nella villa. Non che avessero bevuto molto, ma Annick aveva insistito per farli fermare.

Si fecero lasciare al caffè, dietro gli oleandri vicino alla darsena. Si stendeva nel porto, tra le navi, una luce laminata. C'era una pace, il sole.

– Pensare che là si scannano, – disse Edoardo.

– Là dove? – chiese Manuel.

– Là dove andremo.

Manuel restò un po' in silenzio. Poi disse:

– Di tutte le navi che ho conosciuto l'*Hondurian Star* è la piú scassata. Ma con il miglior capitano.

– Ci si affeziona a qualsiasi ferro. Comunque ti ringrazio.

– Quanto staremo fermi?

– Secondo il capo, una settimana. Non hai sentito? Avrei il tempo di fare un salto a casa.

Si avviarono verso la nave. Camminavano affiancati, sul molo.

– Fatigosa vida de mar, dicono al mio paese.

Edoardo approvò col capo.

– Facevano certe vite, una volta.

Capitolo nono

La collina era scura, il mandorlo carico d'ombra contro la striscia di perla sul mare. Edoardo si fermò sulla porta di casa. Il chiarore si alzò dietro il crinale, a macchie, come uno stormo di colombi.

Entrò. «Quest'alba, al tuo arrivo, – pensava. – Pare un buon segno». Avvolgeva la casa. Leniva il rimorso d'aver lasciato i compagni in un porto, in attesa, sotto bandiera honduregna. Ma la casa era vuota. Si coricò vestito. Aveva fatto bene a venire, il carico non lo riguardava. Moralmente.

Prima di lasciare Tolone aveva chiamato Clara. Gli era sembrata sorpresa. «Si farà viva». Sul mare, stavolta, non l'aveva quasi mai ricordata. «Il mare ha formato le lunghe nebbie del tempo». Sulla credenza vivevano ancora, spente, le eriche raccolte dietro Pietrabruna.

Quando si alzò, le colline tremavano a contatto della cupola del cielo, scosse da un blu denso e luminoso. Ma c'erano terre che volgevano le spalle al sole, sconfortate (da ragazzo lo avevano fatto sognare). I raggi scendevano dai picchi senza toccarle. Terre in perpetuo desiderio.

Clara arrivò che il mattino finiva. Indossava una giacca gialla, del colore che appare a oriente quando il cielo è ancora scuro; il volto ne riceveva la luce delicata.

Disse che aveva avuto paura di non rivederlo e che da

lontano non le era stato di conforto, come se non lo avesse ricordato.

– Certi giorni la memoria non serve, – disse Edoardo.

– Ora sei qui, ma non me ne rendo ancora conto –. E lo invitò ad andare da qualche parte.

Sui pendii terrazzati batteva il sole, la falesia a oriente era incendiata.

– Non prendere la macchina, fermiamoci qui. Sarai stanco.

Camminarono sul pietrisco. Si fermarono in un angolo che le piaceva. Si vedeva il mare, tagliato da rocce e terre scoscese. Si appoggiarono a un muretto. Sembrava tornata quella di sempre: lineamenti duri, testa rozza, ma modellata da una carezza invisibile.

– Sarei stata adatta a fare la tua vita, forse avrei dovuto viaggiare.

– Andare per mare alla mia età, non c'è da essere orgogliosi.

– Certi ricordi non mi avrebbero preso.

– Quali ricordi?

La ascoltò con calma. Ora capiva il perché di quei grandi occhi innocenti. Vi sono episodi da cui anche Dio è assente e cadono dalla memoria; ma poi tornano...

Potevano anche non essere accaduti, ma che importava. Lo sguardo sul passato a volte inganna, suscita ombre che nemmeno il sole alza.

– Andiamo in casa, – le disse.

– Quella casa vuota, quei fiori secchi!... E il tuo viaggio com'è andato?

– Normale e breve.

– Facevo per parlare d'altro. Ma se non vuoi parlare...

Se ne andò che il mare era tutto un deposito di sole sotto celesti campiture. Era cominciata la brezza della sera e il mandorlo stormiva. La seguí con lo sguardo finché la vide sparire. Allora uscí di casa. Per le strade del paese cercò di ragionare su ciò che lei rappresentava. L'intimità di quei vicoli, coi suoi tutti morti, gli sembrava vana.

Finí al bar.

– Quando è arrivato? – domandò la signora inglese.

– Stamattina.

– E come va la flotta?

– Si è arenata. Lei sa dirmi di Giovanni?

– Quello delle api?

– Sí, proprio lui, signora.

– È scomparso. Lei forse non sa che gli hanno bruciato tutto.

– Tutto cosa?

– Gli alveari. Qualcuno lo ha visto in località Argenta, tra Pietrabruna e Boscomare.

– È sera di luna?

– Sí, è luna piena.

– Allora, vado a cercarlo.

– Se lo trova, lo saluti da parte mia.

Uscí dal paese, senza rimpianti. Per strada, uliveti abbandonati, muretti a curve, a spigoli, a controtornate. Da tutta quell'antichità il cielo era come ringiovanito. La luce era in crescendo man mano che si saliva. Quando in una piega del terreno sembrava buio, ecco che su un crinale tornava il sereno. «Dovrei avere anch'io un uliveto da queste parti, forse in quel rosa che si stinge. Era un quadrato, cosí lo chiamavano: il Quadrato. Aveva un nome. Generazioni dei miei vi si sono consumate le braccia. Al ritorno devio e vado a vederlo».

Su una selletta, un crocevia di sentieri, chiamò: Giovanni! due volte. Gli rispose un fischio. Poi cantò un saltimpalo. Erano gli ultimi a cantare. Il loro canto era già tenebra.

Giovanni aveva una casetta nelle terrazze gerbide sotto una cima di pini: era là di sicuro. Infatti gli venne incontro sul sentiero. Era imbacuccato. Non si vedeva il suo sguardo; a malapena, il suo volto.

– Ho sentito chiamare dallo «Stracolletto», mi è parso

di riconoscerti. Solo tu potevi capitare qui a quest'ora. O sei venuto apposta?

– Ho domandato di te al bar di Pietrabruna.

– A Pietrabruna se la ridono.

– Chi vuoi che se la rida!

– Mi hanno bruciato le api.

Edoardo non sapeva che dirgli.

– Perché te ne stai qui da solo? – chiese.

– Non si sta mica male. Ho un mandorlo, il fico, un nespolo di Spagna e, nella stalla, una capra a cui manca solo la parola. Forse fa bene a non parlare a questo mondo malvagio.

La capra aveva sentito i passi e lo chiamava, timidamente. Saliti di sopra, Giovanni accese un lume a olio. L'ombra massiccia scivolò sul grezzo.

– Hai già cenato?

– Non importa.

– Non vorrai fare il ritorno a stomaco vuoto. Se mangi qualcosa ti faccio compagnia. È un onore aver avuto la visita di un capitano di nave –. Si chinò, mise uno stecco sotto il gambo del tavolo: – Ecco, adesso non traballa.

Da dietro una roccia uscí la luna e si posò su un sorbo, ne invase d'oro il legno rosato.

– Chissà che notti di luna sul mare!

– Non è la luna che manca, – disse Edoardo.

E gli venivano in mente i suoi compagni. Era appena un giorno che li aveva lasciati e gli pareva già tanto. Li allontanava la collina che la luna incantava.

– E a Tolone non ci sei piú stato?

– Ne vengo adesso, sono arrivato stamattina. C'era un'alba bianca... – Ma tagliò corto. Stare a spiegare un chiarore di buon augurio a un uomo disperato, stare a dire troppe cose...

La luna nuotava tra cime e picchi. Lassú, pastori forse la guardavano.

– Sono già scesi i greggi? – chiese.

– Staranno scendendo. Stamattina c'era brinato. Ho visto anch'io l'alba. Era piú bianca del solito.

– Grazie per la cena.
– Per quello che ti ho dato!
– Niente di piú buono dell'olio sul pane raffermo.
– Aspetta! Allo Stracolletto la terra è già a scaglie. Sente subito la tramontana, – disse Giovanni.

Andò al nocciolo e fece un bastone tra lo stridere delle foglie secche.

– Sta attento: il crinale fuori dei pini è esposto a tutti i venti.
– So bene. Ci conosco.
– Verrà il giorno che mi porterai a Tolone?

Edoardo gli mise una mano sulla spalla.

– Grazie anche per il bastone.

Camminò sulla terra soffice e poi dura e poi di nuovo soffice. Andava svelto per quanto il cuore lo trattenesse. Le scalinate di terrazze salivano al cielo. Gerbidi desolati. Gli venivano in mente quelli che un tempo le dissodavano, affondati dentro i sassi fino alle ginocchia.

Fece un giro largo, ma al suo uliveto non riuscí ad arrivare, il sentiero era invaso dalle arastre. Lo guardò dal basso: era quasi un fantasma accampato nell'aria. Forse era meglio non avvicinarsi, non vedere il male che aveva addosso.

Riprese ad andare. Un murmure d'aria veniva dalle montagne e soffi dal mare secondo le svolte del cammino. Negli ulivi e negli orti la penombra copriva l'abbandono. Sul manto grigio dei colli, in un alito di luce, il tetto e il campanile del Santuario delle Grazie.

«Non partire piú, – pensava, avvicinandosi a Pietrabruna, – avere una vigna al sole, o essere un pastore con l'ovile interrato e la casupola annerita dal fumo, da cui si scorgesse il mare». Era una bella notte, faceva uno strano effetto vedere il cielo stellato, la sua pace, sopra quegli aspri siti: sopra il crinale di Argenta il quadrato di Pegaso puntava a nord verso i Guardiani del Polo.

Gli tornava in mente il suo uliveto, col melo cotogno, dai fiori bianco-rosati, e il nespolo di Spagna con i frutti sparsi intorno al ceppo sulla terra brinata... Cose da non parlarne piú. Dolorosa ombra d'argento.

Arrivò nell'orto di casa e sentí uno scricchiolio di foglie di fico. Era Clara che lo aspettava.

– Da dove arrivi? Sono già venuta una volta.

– Da nessuna parte. Ho fatto un giro. Mai piú pensavo che saresti tornata stanotte.

Entrarono. Lei scoperchiò la stufa e si chinò a prendere legna. Mostrava le gambe: fini alle caviglie, tornite in alto, dove entravano in un blu cosparso di piccoli girasoli.

– Come ti sei vestita? Hai sempre avuto gonne nere.

– Avevo bisogno di colore per un lieto addio.

– Non sono ancora di partenza.

– Sono io che posso andarmene.

Fuori il mandorlo stormiva e ogni tanto cigolava di vecchiaia. Dal paese, dal suo selciato, veniva lo zoccolio di un mulo. Qualcuno partiva già per la sua campagna. Ce n'erano di distanti tre o quattr'ore. Ricordò che dicevano: «Se arrivi nel tuo non è mai lontano».

Batteva sul pendio una luce netta, quasi un alito a suggerire tenerezze. Qua e là cespi di rose, bianchi, di sentiero. Piú su, il cielo sul roccione.

– Il cielo è fine, il tempo gira.

– Non si è mai visto un cielo cosí sottile.

A un tavolo parlavano del tempo, a un altro giocavano a carte. Edoardo pensava a Clara. Sedeva solo. Si ricordava che temeva il vento, la rivedeva con una mano alta, sui capelli, mentre laggiú sul mare il vento entrava.

La padrona lasciò il banco e venne al suo tavolo. Gli domandò se aveva visto Giovanni.

– Sta in un bel posto, sotto picchi altissimi, sopra gli ulivi.

– Ma perché si nasconde?

– Dipende dal carattere.

– Noi inglesi ci daremmo al bere. Se lo vede ancora gli dica di venire.

– Lo farò, signora.

– Mi chiami Anne. Mi sembra di conoscerla da chissà quanto.

– Anche questo è un bel posto.

– L'ha visto coi mandorli fioriti a fine gennaio?

In quel momento entrò don Alberto. Salutò dalla porta. Era un tipo espansivo, con voce forte. Raggiunse subito Edoardo, lo abbracciò chinandosi, non lo lasciò alzare.

– È un vero amico, – disse.

– Siediti e bevi qualcosa.

– Stavamo parlando, – Anne disse, – gli chiedevo se ha visto la riva dei mandorli a gennaio.

– È come se non li ricordassi.

– È sempre in viaggio, – disse don Alberto. – Non è vero che sei sempre in viaggio?

– Ancora per poco.

– Anch'io sogno di ritirarmi nei momenti di stanchezza, penso all'ospizio.

– Non ci resisteresti tre giorni. Si va finché si regge, anche stanchi, anche su una vecchia carretta.

– Per dove parti, adesso?

Edoardo alluse alla costa verso cui stava per andare, del carico non disse nulla. Alberto gli mise una mano sul braccio e gli parlò di San Gerolamo, nato in quella terra, un santo dal grande rigore e dall'immaginazione ardente.

– Non la credevo terra di santi.

– Pensa a lui quando ti avvicini a quella costa. È sempre stata un mezzo inferno, terra contesa, slavi di vario genere, Bisanzio, Venezia, Turchi.

– Che cosa vi posso portare? – chiese Anne rialzandosi.

– Ce l'ha una bottiglia di màlaga? Qui facevano un'ottima màlaga una volta.

– Erano anni che non ci si vedeva, e adesso due volte in pochi mesi.

– Mai piú pensavo di incontrarti sul poggio di San Michele quella sera, ti avevo preso per un ladro. Avevi uno sguardo...

– Che sguardo? Tu eri con un bell'angelo custode.

– Fammici pensare... Era lo sguardo di uno che fa fronte, come certi miei compagni di navigazione.

– Grazie per il riferimento. Hai buoni compagni?

– Forse sí, ringraziando il cielo. Ma a che faremo fronte?

– Sera di sera era piú chiaro, – dicevano al tavolo vicino.

– Sera di sera? Che vorrà dire?

– Semplicemente ieri sera. Non ti ricordi?

Alberto non rispose. Si passò una mano nei capelli, fino al bavero consunto. Aveva una giacca grigia, che gli era diventata grande. E aveva pallore nel volto massiccio e una trepidazione insolita alla sua età. Edoardo gli chiese se aveva il vino triste.

– Non triste, – l'altro disse. – Te ne vai per la tua strada e pensi.

– E dov'eri?

– Sulla mulattiera che portava alla casupola di mio padre. Non avevamo niente.

– Fai sempre gli stessi giri? – disse Edoardo.

Gli venivano in mente mulattiere bianche, case rotte col cielo che entrava dentro. Gli giungevano voci discordi e pietà per tutto quanto.

Diede un'occhiata fuori, alle nuvole che salivano dal mare. Non l'avevano ancora vinta sul sole che le cospargeva d'oro spento; un falco gli andava incontro dal picco d'Argenta; spaziava dal picco alla falesia, padrone del cielo.

Era rimasto solo e guardava. (Alberto se n'era andato augurandogli buon viaggio). C'erano uliveti sempre piú cenerini, addossati a rocce che azzurreggiavano. Avevano coltivato anche limoni in tempi lontani, sulle terrazze meno avare, di terra morbida, leggera. Ne fornivano la flotta inglese e olandese in barili di sale. Se ne vedeva ancora qualcuno fra l'infestazione dei rovi.

E pensò ad alberi scomparsi: nespoli di Spagna, meli cotogni; poi ai cespugli che accompagnavano i sentieri verso le alte campagne, e che non aveva rivisti: ginepri e rose canine. La memoria era un naviglio leggero. Lo portava verso certe mattine, avanti l'alba, tra voli di caprimulghi, che tamburellavano nell'aria con le ali flautate. Seguivano i greggi a caccia di insetti.

– Che cosa fa lí tutto solo?

– Aspettavo che venisse sera.

– È già venuta, – disse Anne; e gli indicò la vetrata. – Vada al telefono, la chiamano da Tolone.

«È già ora?» egli disse a se stesso.

Sí, l'ora di andare era già venuta. Gli pesava. Ora che cominciava a trovarci gusto, doveva assottigliare la memoria e ripartire. Non aveva fatto quasi nulla di ciò che sperava.

Andò a casa e scrisse un biglietto per Clara, fece la valigia. Attaccò il biglietto alla porta con due puntine.

Scese per scalette, fino alla piazza della chiesa antica, dove aveva la macchina. C'erano due vecchi sotto la lampada, appoggiati al bastone, il volto mite.

– Che fate? Si passeggia?

– Aspettiamo il sensale. Abbiamo il mucchio delle olive nel solaio.

– Vanno care?

– Dodici lire alla quarta –. (Volevano dire dodicimila).

– Non è un gran prezzo. Quant'olio danno?

– Tre chili scarsi, forse meno e non è ancora rotondo.

– A me piace con quel fruttato.

Li riconobbe, rugosi e sereni, molto invecchiati. Sapeva dove avevano gli uliveti, un'erta di ombre fonde e chiarori sulle cime pendule degli alberi quando entrava il sole. Gli venne voglia di scambiare con loro quattro parole prima di accomiatarsi.

– Quanti saremo adesso? – chiese.

– Ottanta, – uno disse.

– Cinquanta, – corresse l'altro umilmente. – Si ricorda quando non c'era la strada? Ne ho portati giú a spalla al cimitero di dolcezza.

– Bene, io devo andare. Vi lascio la buona sera.

– Buona sera a lei, buon viaggio.

Scese giú al mare. Poi risalí per qualche minuto su un raccordo d'autostrada e lí, in un incrocio di luci, s'accorse veramente di lasciare donna casa e conoscenti. Ed era duro sul finire della carriera.

Arrivò a Tolone quasi senza accorgersene. Raggiunse la sua nave. Dormivano già tutti, eccetto due che ascoltavano una radio sintonizzata sulle onde corte. Andò nella sua cabina, si coricò sulla branda. Si sentiva la boacampana e il mare frangersi sul molo foriero. Sarebbe piaciuto a Clara, alla sua anima inquieta. La immaginò prima di dormire. Avvolta in un impermeabile chiaro, che le schiacciava il seno e le rendeva il corpo intimamente severo, aveva la testa nobile, come al solito, e un che di tirannico sugli occhi e sulla bocca. Si ricordò di un dialogo, colto per caso tra lei e un tipo di Monaco.

– Tâchez de comprendre, – lei diceva. – J'ai fait l'amour avec un tas de messieurs, c'est toujours devenu moche. Il y a un marin d'un côté et un tas de messieurs de l'autre.

– Quel malheur pour moi. Vous êtes toujours sur mes paupières, je meurs de ne pas vous voir nue.

– C'est parce que vous sortez de prison. On le sait, on devient des vicieux ou des adolescents là dedans.

– Le malheur c'est que je vous ai rencontrée et vous êtes, je peux bien le dire, une maladie...

Il malheur si sprecava e gli occhi di lei non erano severi, ma trasognati.

Si domandò perché si faceva venire in mente quel dialogo che risaliva a quattro anni prima. Per rammemorare una fedeltà di lei alla sua maniera, una lunga attesa?

L'indomani si incontrò con Manuel nella sala ufficiali.

– Tutto è in ordine?

– Tutto in ordine.

Era una bella mattina, minerale; dall'oblò si vedeva una nuvola cozzare nel cielo. L'*Hondurian* piú che ferma sembrava incastrata nel mare.

– Nulla di nuovo allora?

– Tra ventiquattr'ore si parte. Com'è andato il soggiorno a casa?

– Bene. Tu non sei andato da nessuna parte?

– Sono rimasto a Tolone, ho rivisto Annick... Sembra accesa ed è di ghiaccio, con gli uomini fa delle prove. Meno male che sono uno che non perde la testa.

– Io, purtroppo, ogni tanto la perdo.

– Non credo, – disse Manuel sorpreso. – Beviamoci questo caffè. Stanotte ho dormito poco. François ci aspetta all'agenzia.

Scesero dalla nave e camminarono per banchine e imbarcaderi.

– Non diresti che stamattina la terra mostra il suo scheletro? Guarda quei colli nudi.

– Sono spogli, non vedo differenza fra oggi e gli altri giorni.

Salirono per una breve scala. Vi stavano seduti un uomo e un cane, i loro sguardi erano tristi. Edoardo mise qualche soldo nel berretto steso sul gradino.

François li accolse con cordialità. Sorrideva dietro il vascello fabbricato dagli ergastolani.

– Si direbbe che tu abbia dei pudori, non hai voluto vedere cosa si caricava.

– E chi non li ha? – disse Edoardo.

– Meno male che ti conosco, so come ti comporti al momento opportuno, ti accompagna una certa fama, tutto l'equipaggio ti stima.

– Stavolta forse è immeritata.

François gli diede dei fogli. Erano i documenti del carico e, come era regola, li aveva già firmati il primo ufficiale. Naturalmente in quell'elenco non c'era nulla di vero. Poi gli chiese com'era stato a casa.

– Tanti di quei problemi.

– Li hai risolti?

– Appena sfiorati. Con un po' piú di tempo...

Si cominciava a capire e si doveva andare.

– Vi aspetto oggi a colazione, voglio dire tutti gli ufficiali. Forse stanotte partite.

– A questo punto vorrei già aver preso il mare.

– Signori, – disse François nel giardino della sua villa, – siete tutti uomini di valore, state per intraprendere un viaggio importante. Su di morale! – Aggiunse che gli sembravano un po' tristi, prigionieri di se stessi. Ma erano al primo di una serie di viaggi che li avrebbero trasformati.

Erano in sette, quattro ufficiali di coperta e tre di macchina, ed erano tutti silenziosi; solo François, loro ex collega, sapeva diventare eloquente al momento opportuno.

Sedevano, dopo colazione, tra olivastri e carrubi e pini così sulfurei che sembravano fiorire benché fosse autunno. Si vedeva la città e le rade, il porto tagliato dall'ombra delle navi e dei moli, con le onde che andavano in senso contrario per vento di rimbalzo.

– Tutti i fiumi vanno nel mare e il mare non è mai pieno, – disse il primo ufficiale; e lasciò lí la sua sentenza. S'accorse che si aspettavano da lui una spiegazione e allora aggiunse che gli era venuto in odio l'andazzo della vita e che non voleva giungere senza accorgersene al giorno della morte. S'era alzato in piedi e il suo volto s'era acceso d'un leggero entusiasmo, ma i suoi occhi erano freddi. Dietro di lui la siccità curvava la testa dei viburni nei brividi dell'aria. Annick allungava le gambe accanto a un cespuglio e con una mano si sorreggeva il mento.

Edoardo, accasciato da un vago senso di colpa, non prese la parola, finché Annick non andò a sedere al suo fianco.

– Non mi sembrano molto responsabili, studi lei la situazione, li tenga sotto controllo.

– Dal mio punto di vista non posso lamentarmi, – le disse, – il loro lavoro lo sanno fare. Sono solo preoccupato per il viaggio; non ci vedo tanto chiaro.

– Si vede che lei è coscienzioso, – la donna disse. Poi domandò com'era la sua casa con un lieve sorriso. Forse voleva un gioioso congedo.

– Dove c'è una sedia, un tavolo, un letto c'è casa. In quanto al posto è molto antico e rovinato.

– Poteva star qui, invece ci ha lasciati. Qualcuno l'aspettava?

– Sí e no. Credevo di dover fare un esame di coscienza.

– L'avrà fatto, immagino.

– Non ne ho avuto il tempo.

– Le auguro buon viaggio e lieti pensieri.

Capitolo decimo

Partirono di notte. Edoardo pensava al porto distrutto, alla donna di Giovanni sull'imbarcadero. Gli sembrava di sognare a occhi aperti. «Dicono che quando ci si accinge a cose gravi si fanno sogni preparatori».

Sul mare ci si sente orfani, il navigante si strugge per tutto ciò che ha lasciato e ricompone i conflitti che a terra dividevano il male dal bene. Si scende in una specie di grande valle, si entra in contatto con l'universo e i messaggi che arrivano da terra sembrano quelli di una cattedrale evanescente. Si getta sul mare uno sguardo che ha sempre qualcosa di perduto. L'uomo di terraferma crede che il marinaio sia felice di andare, non sa che è intessuto di angoscia e sogni e che gli sembra di percorrere una via che non conduce a nessun luogo. Per questo si affeziona agli strumenti che gli fanno tenere le rotte e lo porteranno da qualche parte. Il marinaio non arriva mai nel suo, non ha possessi, il suo sguardo anche piú attento è sempre muto. Parla per farsi compagnia, oppure tace, e quando parla, spesso delira, non vuol convincere nessuno.

Erano in sala ufficiali e il Primo chiese a Edoardo se era preoccupato.

– Preoccupato? Non credo, ho avuto un attimo di smarrimento. Il mare è buono?

– Ottimo, per ora navighiamo a vista.

Manuel era di guardia, in coperta, e il Secondo dormiva.

– Henri, perché non va a riposare, fra tre ore la guardia

tocca a lei. Mi lasci la bottiglia del Gordon's e se ne vada un po' a dormire.

– Non ho sonno, le faccio compagnia.

– Com'è la notte?

– Stellata, – Henri disse.

– C'erano nuvole ieri sera.

– Sono scomparse. Erano nuvole di evaporazione.

– Il vento è da terra?

– Fin qui non arriva.

Henri versò ancora da bere. Edoardo s'accese una sigaretta. Sapeva di salmastro. Uscirono e salirono sul ponte. Il mare era calmo, a tratti luminoso. Il rullio era morbido.

– Il centro di gravità si concilia col centro di spinta.

L'*Hondurian* ondeggiava con dolcezza. Faceva freddo. Edoardo invitò di nuovo il suo compagno ad andare a riposare. Figura allampanata, occhi invetrati, faceva pena. Sotto i capelli scomposti, la fronte era martellata di rossori. Gli domandò perché aveva scelto il mare.

– Lo vedevo in sogno. Mi affascinava. Non ci sono nato, come lei.

– Non sono nato proprio sul mare, – disse Edoardo, – lo vedevo dall'alto. Venivano i venti e ne portavano i chiarori.

Rivedeva i promontori nella sera: il mare in luce con la terra in ombra.

– Le piaceva guardarlo...

– Mica poi tanto. Osservava il mare chi pascolava. I pastori erano osservatori.

– Perché non ha fatto il pastore?

– Chi investe in sangue non fa che tribolare... piú di noi.

– Non ha deciso da ragazzo?

– Deciso che?

– Di fare il marinaio.

– Quando andavo su versanti da cui il mare non si vedeva, provavo un senso di riposo, ma anche di colpa.

E rivedeva il suo netto paesaggio: colline e rocce a contatto di una distesa. – Ai sensi di colpa, – aggiunse, – non si sfugge mai.

– Anche a me pare di tradire qualcosa, – disse Henri.

– E a lei?

– È già da tanto.

– L'importante è essere solidali.

– Su questo non si discute.

– Mi pare che, lontano, sia cambiato il vento. Il mare batte su questa fiancata.

– È trascurabile.

Avevano passato le isole d'Hyères, erano davanti alla Corniche des Maures. Era il luogo dove Edoardo aveva sovente pensato d'andare a vivere. Il sole nella macchia mediterranea, nei rami delle querce da sughero: sui tronchi scorticati sembrava sanguinare, riposare sui mirti.

– Sono preoccupato per Manuel, – disse; – è cosí giovane. Lo porteremo alla rovina?

– Non c'è nessun pericolo là dove andiamo, il pericolo è per chi ci vive. Si sono sempre dilaniati. Una volta c'erano i bogomili... ne ha mai sentito parlare?... Una setta dualista perseguitata fin dalla sua comparsa. Credevano in due principî, uno buono, creatore degli spiriti, l'altro cattivo, autore e animatore della materia, che imprigiona gli uomini.

Manuel comparve sulla porta.

– Scusate se disturbo, – disse. – La bussola ogni tanto sgarra, risente del metallo delle armi.

– Dovevo immaginarlo, – disse Edoardo.

Andarono a controllare. Alloggiarono magneti compensatori nella chiesuola.

Il marconista era anche lui venuto a vedere.

– Non chiedere nulla a terra, – gli disse Edoardo, – non mandare segnali; se puoi, ascolta solo.

– I radiofari li ricevo bene... Totalmente in incognito? – chiese.

– Totalmente.

Ormai l'*Hondurian*, vecchia carretta che teneva bene, prendeva il largo, proprio adesso che si stava avvicinando alla Liguria, alle sue rive argentate. «Ma tanto, – pensava Edoardo, – avrei cercato ciò che ho già visto, ciò che già conosco». Tuttavia uno sguardo alla costa scoscesa, al Grammondo bianco e perduto nel cielo l'avrebbe dato volentieri.

Si vedevano ancora i fari di Cap d'Armes e di Cap Camarat, entrambi di luce bianca, uno a gruppi di due e l'altro a gruppi di quattro lampi. Poi Cap d'Armes, portata ventitre miglia, sparí nell'orizzonte. Veder scomparire un faro era allontanarsi da un messaggio, da un avviso. E Cap Camarat ormai agonizzava alto, per riflesso, sopra la curva terrestre.

Lasciò il ponte e andò a riposare. Sempre piú calmo il rullio della nave: filava liscia come l'olio. Nel dormiveglia (o nel sogno?) gli comparve sua madre. Era seduta su uno di quei poggi di Liguria, di un secco argento in inverno, di un'aria fresca in estate. Sorrideva, anche negli occhi.

– Di che cosa credi che sia morta?

– Ma, non so, il sangue... goccia a goccia...

– No, non è stata l'emorragia cerebrale. Sono morta di malinconia... Hai seminato di lutti il tuo cammino.

Si alzò e tornò in coperta. Su un settore dell'orizzonte soffiava il vento. C'erano alti cirri disposti su lunghe strisce, con aloni dorati. Divergevano da un quadrante verso cui si dirigeva la depressione con nembi carichi di pioggia. Ma nella coda il tempo era già chiaro e lasciava posto a un azzurro ove passavano dei diamanti.

Era una depressione di debole profondità, con salti di temperatura.

S'incontrò con Henri, che smontava.

– Com'è stata l'alba stamattina?

Henri scosse la testa:

– Non l'ho osservata. Mi pareva verdognola.

– Pensa solo alle terre verso cui andiamo?

– Lei ci scherza, sono terre affascinanti ma pericolose, vedrà che insidie, bisognerà stare attenti... I bogomili d'un tempo, protetti dal sultano, son diventati musulmani. È gente fine. S'è allevata nell'odio a Roma e sotto le mezzelune.

– Sui pericoli sono d'accordo... Scusi se ho scherzato.

– Mi è arrivata addosso all'improvviso, l'alba. Mi pareva verde con dentro qualcosa d'altro, di piú trasparente. Pioverà, che ne dice?

– È già passata.

Arrivavano a stormi rondini di mare e fraticelli, andavano verso la Sardegna senza dubbio, fuggivano l'autunno. Il loro volo era lento, a svolte brusche; planavano fino a sfiorare le onde. Emettevano note appaiate.

Un toscano, con cui aveva navigato, chiamava anime quelle rondini, anzi animine per quel loro pazzo volare. Aveva navigato ormai con tanti, di cui stentava a ricordarsi e molti erano morti quasi certamente. Il naviglio della sua memoria pesava piú da quel lato che dal lato dei vivi.

Ora le rondini si allontanavano fondendosi nell'azzurro. Si sentiva piuttosto stanco e andò di sotto. Se il cuore cedeva ai ricordi era perduto. Bisognava ricordare poco per navigare. Ma nel silenzio della sua cabina si mise a pensare a tutti quelli che aveva lasciato a Pietrabruna, a Giovanni e alla musica defunta delle sue api, a Clara, ad Alberto e alla sua fede ingenua. Li vedeva in una luce nuova, o almeno cosí credeva. Forse erano solo intaccati dal sale nell'uniforme luce del mare.

Lo venne a chiamare il nostromo. Due casse si muovevano in stiva. Andarono insieme a vedere.

Era un tipo che non parlava mai. Biondi resti di sopracciglia sovrastavano uno sguardo addolorato e chiaro. Era alto; la sua testa bianca emergeva sulle tinte scure di gran parte dell'equipaggio.

– C'è solo da fissarle bene.

– Modifichiamo un po' la rotta, eliminiamo il rollio finché non avete terminato il lavoro.

– È un lavoro presto fatto.

– Di dove è lei? – chiese Edoardo mentre risalivano.

– Di Moustiers-Sainte-Marie, non proprio di Moustiers, di una «bastide», su nelle rocce, sull'orlo dell'altopiano.

– Siamo tutti d'entroterra su questa nave?

– I paesi decadono. Ho fatto il soldato in marina. Ho imparato questo mestiere.

– C'è ancora la catena del crociato attaccata alle rocce sopra il canalone?

– Allora lei c'è stato?

Si cominciava a vedere la Corsica, la sua linea montana allungata nel senso del meridiano. L'andamento dei fondali favoriva la navigazione anche a distanza ravvicinata, ma era meglio stare lontano. Passava il monte Asto col suo brusco arresto sul mare. C'era un cielo piú indaco che azzurro dietro le sue nevi. Poi il crinale si abbassava per risalire di nuovo. Quell'indaco lo riportò a casa. Lo aveva visto tante volte fermo sui pini. Una striscia verde, un cielo: che c'era di piú assorto? La natura costruiva nel semplice.

– La natura è monacale, – disse a tavola a mezzogiorno. – Avete mai visto un cielo su un albero?

Ma nessuno raccolse. Parlavano d'altro.

– I marinai non devono capire dove andiamo, – disse il Primo.

– Ai marinai non gliene importa niente, – disse Manuel. Da buon spagnolo disprezzava mezzo mondo. – Comunque approvo. Meglio che vadano alla cieca, che non si mettano idee in testa.

– Che idee?

– Non importa quali. Ogni tanto qualcuno accenna passi di danza, sono felici.

– Anche lei sembra contento.

– La vita è vita, ci giochiamo una carta.

Il vento regnante era da nord-ovest, ma di debole forza. Le nuvole all'orizzonte passavano dal rosa al giallo oro, s'incidevano nel sereno.

– Mi scuso, ma posso fare un'osservazione? – Henri disse. – Stanotte abbiamo allungato la strada di molte miglia costeggiando.

Edoardo disse che c'era una ragione. Avevano evitato la zona in cui spesso navi militari e sommergibili francesi facevano esercitazioni. Navigavano a luci spente, lanciavano razzi e altri segnali luminosi a cui occorreva rispondere. La prima volta che ci si era imbattuto li aveva confusi con richieste di soccorso.

Errò sulle labbra di Henri un sorriso triste:

– Mi congratulo con lei, comandante.

– Ma non lavoriamo per loro? – chiese Manuel, – con il loro accordo?

– Perché miri cosí al concreto?

– Non ne siamo certi?

– È tutto un lavoro incrociato: ufficialmente nessuno ne sa niente. Se si può è meglio non scomodare nessuno.

– Non mi piace andare a nostro rischio e pericolo, – disse il Secondo.

E Manuel, una luce negli occhi, ripeté: – La vita è vita. O no?

La colazione era finita, era l'ora di togliere la seduta.

Salirono sul ponte. Si avvicinavano alle Sanguinaires e cominciavano correnti intense e irregolari. A sinistra c'era la secca del Tabernacle. Lontano, una costa fronteggiata da isolotti rocciosi.

Apparivano adesso, sullo sfondo del golfo di Aiaccio, punta San Pietro e i monti d'Oro. Il mare non era forte e l'aria era fredda, il sole non scaldava piú. Cominciavano a salire dai grandi fondali le ombre violacee. Il Secondo ed Edoardo lasciarono il ponte di prora e scesero sul cassero. Il ponte li riparava. Si stendeva a occidente una sera di luce. A Edoardo vennero in mente altre sere: di ombre rotte dai muri, di ulivi che si inchinavano al tramonto.

– Chi ha lasciato a casa? Forse me lo ha già detto.

– Due figli che devono terminare gli studi. Se mi tolgono il libretto di navigazione che lavoro mi metto a fare? I figli son figli.

– In caso fosse necessario dite che è mia la responsabilità.

– Lei non ha lasciato nessuno?

– Forse io non sono indispensabile, – disse Edoardo.

Guardava la tela dell'azzurro sopra il mare, la linea che saliva fino al deserto dei monti d'Oro.

– Famiglia, nel vero senso della parola, non ne ho, – disse ancora.

– È qui per spirito d'avventura?

– Manco per sogno. Neanch'io voglio finire malamente. Vuole sapere la mia impressione? A lei, capitano di Gravelines, lo posso dire. Ci muoviamo nelle acque misteriose dei servizi segreti. Aspettiamo ordini. Si va dentro a bere?

Andarono in sala ufficiali. Vi trovarono Henri. Il viola nell'oblò si faceva nero, di velluto.

Il Secondo parlò di sua moglie, ch'era bella e gentile. Costellava la casa di conchiglie che raccoglieva nella bassa marea, di fiori che poi seccava, riempiva di petali i panieri. (Sul mare si sublima). I figli andavano in barca a vela.

– Studiano da capitani di lungo corso?

– Nessuno dei due. E sono assai contento. Il nostro è un lavoro di figli di nessuno.

– Un tempo era da figli di vedove, – Henri disse. – Adesso non si muore piú, ma si va alla deriva –. E si mise a imprecare contro il viaggio che stavano facendo.

– Non imprechiamo, – Edoardo disse. – Cerchiamo di tornare in porto.

– Tutta la vita che non faccio altro... con tutta la gente che se ne sta a terra. Il potere è strano, il mondo malvagio, concepito da un demiurgo inferiore sfuggito di mano al re della luce.

Henri era in preda alla crisi dei primi giorni, crisi adamantina. All'oblò ogni tanto il nero-viola si illuminava. Misterioso mare. Non mancava mai di lussuosi richiami.

– Vado a dare il cambio a Manuel, – disse il Secondo. – Dove siamo?

– Alle Bocche di Bonifacio. Se la bussola impazza sono i cavi sottomarini.

Edoardo si ritirò nella cabina. Pensava a Tristan (cosí si chiamava quell'ufficiale), alla moglie che l'aspettava raccogliendo fiori, nella sua immaginazione, ai figli che andavano in mare per gioco, alle lunghe rive del Nord ai lati del fiume. E dalla vita di Tristan passò alla sua: un'evanescenza sui colli liguri, con i suoi arrivi e fughe. Un'evanescenza? Una confusione di ricordi. Pochi di essi erano nitidi. Tentò di rivederli.

Clara l'aveva conosciuta alla foce di un torrente, fra polverosi campi di lino. Tornava dal mare ed era di una gioiosa freschezza. Lei di quel primo incontro non si era mai ricordata. Poi l'aveva rivista dopo dieci anni ed era tutta ripiegata su se stessa, la testa china sul collo esile, ma sotto l'abito lasciava indovinare delle onde, degli slanci, un'armonia gelosa. Rispondeva con ironia se le si parlava. L'unico argomento che accettava era il mare. Lo sognava notte e giorno.

E un giorno, dopo altri viaggi, al mare andarono insieme. Era settembre e i mirti davano i loro ultimi fiori. Si appartavano ai piedi di una roccia, dove i falchi volavano sopra i gabbiani. Le Marittime incombevano fin sulla riva. La sera, sul suo corpo scendevano le ombre, dopo l'allucinazione del sole. Non avrebbe mai voluto smettere di contemplarla, di perdersi nei suoi bruni e nei suoi ori.

Smise di ricordare: qualcuno bussava. Gli disse di entrare: era Manuel.

– La cena è pronta, comandante. L'aspettiamo.

Il cielo era stellato. Correnti insignificanti per marea astronomica e venti da ovest. Stavano uscendo dalle Bocche. Salí al ponte di comando, dove c'era Henri.

– Vada lei a cena, sto qui io.

– Grazie, – Henri disse, – non si preoccupi, è il mio turno. Il pilota automatico non funziona piú.

– Mai fidarsi... È poca perdita.

Diede un'occhiata alle efemeridi: nulla di notevole. Poi al cielo: Giove splendeva enorme, ma come franto, i satelliti stavano passando sopra il disco. Le stelle intorno sembravano minerali perduti. Smise di guardare per non soccombere a un senso di malinconia. Pensò al suo paese, agli ulivi dei suoi costoni, che s'accordavano alla maestà del cosmo, quasi sogni di pietra.

Visto dall'oblò il mare era un'ala soffice, infinita. Edoardo era rimasto con Manuel nella sala disadorna. Tristan era andato a dormire e Henri finiva il turno sul ponte di comando.

– Tutto va bene, comandante?

– Va benissimo. L'importante è non avere rimpianti.

– Io non li ho perché sono il piú giovane, e tu perché sei il piú vecchio.

– Quando avevo la tua età, navigare non mi piaceva. Non avevo disinvoltura. Nei porti seguivo delle chimere, me ne staccavo malvolentieri. Bastava una donna su un imbarcadero per farmi soffrire le partenze.

Sul tavolo c'era una bottiglia e un vaso di fiori finti, su cui scendeva la luce dalle bocce avvitate ai travi. Manuel stringeva il vaso con una mano bruna, inanellata.

– Adesso l'unica cosa che rimpiango, – disse, – è Tolone.

– E quel paese dove le donne cantano da sole? Mi pare che tu abbia detto che è vicino a Bilbao.

– Son sempre in casa o sul piccolo imbarcadero ad abbracciare chi parte. Ma il mio cuore adesso è a Tolone, per il momento. E il tuo?

– Va per colline a terrazze e piccoli paesi.

Là il cielo si perdeva in solitudini meno vaste; fra stelle e ulivi e agglomerati di vecchie case c'erano molti accordi di fremiti minerali.

– A che pensi?

– A niente, cose da niente.

– Il mio cuore adesso, la sera, è a Tolone, – disse Manuel, – sul corpo di una donna –. Da buon spagnolo parlava concreto, e solenne. – Ha due gambe come rivoli bianchi. È la moglie del nostro agente... Non dici nulla?

– Nulla, – disse Edoardo.

I ricordi facevano ressa. Vedeva Clara che danzava, fuggendo, fuggendo, secondo il ritmo della musica, in un sogno sospeso. Sapeva che adesso lo aspettava irrequieta.

– Non mi vuoi dire chi ti aspetta!

– Penso alla fragilità di noi marinai.

Uscirono sul cassero. Si misero al riparo del ponte; come pastori ai piedi di un masso. Si vedeva soltanto, a tratti, il fanale della Maddalena; la terra tornava a sparire.

– Dicevi che siamo fragili, ma la fragilità come si misura? – chiese Manuel.

– Sappiamo tracciarci un cammino solo sul mare. Per il resto siamo disorientati.

– Ma davvero a casa non hai lasciato nessuno?

– Una donna, – disse Edoardo, accendendo la sigaretta.

– È bella? Ti aspetta?

– Ha famiglia. Credo che voglia dimenticarmi, ma non ci riesce. Ogni tanto entra in una sorta di gelo e si spreca, per reazione. Come se non fosse piú lei.

– Spiegati meglio, non capisco tanto bene.

– Non parliamone piú. Se ci penso mi prende il rimorso.

Si inchiodò nel silenzio.

Da Tolone non arrivavano ordini. Invano il marconista chiamava, non rispondeva nessuno. Edoardo si sentiva ormai solo e responsabile. Dal ponte di comando vedeva l'attività degli uomini, l'equipaggio che traffica e manovra, e il fascino e l'azzurro del largo. Il mare del mattino era semplice e segreto; il sole lo illuminava.

Quel silenzio da terra (chissà cos'era successo!), l'incertezza dell'accoglienza nel porto verso cui andavano, circondavano il viaggio di un alone di labilità, se non di paura. Inutile confidarsi con gli altri ufficiali, gravarli di un compito, di una decisione che non toccava loro.

La destinazione s'infittiva di dubbi e dava al viaggio, cosí concreto, l'apparenza di un sogno.

Lasciò il ponte e tornò dal marconista.

– Prova ancora, chiama la nostra agenzia.

Il marconista provò inutilmente.

– Prova ogni mezz'ora e appena riesci a prendere contatto, vieni a chiamarmi... Ma sei sicuro che questo apparecchio riceva?

– Ho ricevuto poco fa i saluti di un piroscafo.

– Adesso, se vuoi, andiamo a bere, – disse Edoardo. E condusse il marconista nella saletta. – Sei al primo imbarco? – gli chiese.

– Al secondo.

«Anche lui, cosí giovane, – pensò, – su questa nave senza certezze». Gli chiese di dov'era.

– Di Marsiglia.

– E tu, marsigliese, non potevi cercarti un posto migliore?

Si lasciarono con un'occhiata triste. Tornarono ai loro posti. Sul ponte batteva il sole, che era alto. L'azzurro, schiacciato, lavorava di continuo e tendeva a stordire. Da ogni lato rifrazioni d'orizzonte. In mezzo, una calma obliosa.

Dove mirava la sua mente, dove giocava? Rivedeva un ginepro, una casa dorata di silice terroso, un mirto carico di fiori. Era estate... Rivedeva un ulivo piú carico di cielo che di fronde, il tronco stesso era blu chiaro...

Il viaggio si pagava miglia per miglia nello scintillio delle onde. Tutta la vita premeva, rimasugli del tempo erano alle porte. A volte l'azzurro era lieve, a volte piú denso, segnato da forti correnti, e qualcosa, come una riva lontana, passava su quello schermo, poi tutto andava coi lampi estesi del sole.

Grandi velieri d'altri tempi, carichi di maestà religiosa, di pace solenne, sembravano solcare il mare in accordi d'oltre confine. Cosa non viaggiava nel vento della memoria...

Per di piú ci si mise un canto, cantato dal nostromo, del paese della catena.

Per troubar moun païs cerco pas dins li cartos,
lou camin per i ana es pas marca,
e per frontiero i a pas que la musico
d'uno lengo vieio que se vôl pas cala...

Si accompagnava con una sorta di liuto corto, di cui toccava soltanto le corde di basso. Il manico e la cassa, stinti dal salino, avevano la dignità un po' fuori del tempo delle lunghe traversate. O forse gliene aveva fatto dono, già cosí conciato, qualche pastore del suo altopiano.

«Dove porto questa gente? – pensava. – Dove andiamo? Il mondo in cui credevamo è morto, è morto impazzito».

Era mezzogiorno. Sul mare si formavano correnti ascensionali di luce. Edoardo se ne stava con gli altri ufficiali, col suo segreto. Dopo la prima ondata di preoccupazione, le cose gli parevano meno gravi. C'era ancora tutto il pomeriggio e la notte: qualche comunicazione poteva arrivare. Possibile che si fossero dimenticati di loro?

Tristan era tornato a parlare della sua famiglia lontana e Manuel di sua madre.

– Una donna, – diceva, – che vive per me soltanto, dopo che mio padre è invecchiato precocemente.

Henri sembrava assente. Aveva la discriminatura in mezzo alla fronte e i capelli gli pendevano ai due lati. Era magro come il cavallo dell'apocalisse.

– Io porto l'arme alla tomba, – intervenne.

Manuel capí al volo.

– Sei nobile e sei solo? Sei di un antico casato?

L'altro non negò, né ammise.

– Con me tutto si spegne, – disse.

Dovevano essere tipi del suo genere, quelli che inabissavano con la nave, a cui la sorte (casi della vita, circostanze) li aveva posti al comando. Se ne sentiva ancora parlare. Prima scendevano alle scialuppe i passeggeri, se c'erano, poi l'equipaggio; il capitano si portava sul ponte di comando, s'aggrappava a qualche sbarra di ringhiera e vi restava, perché la nave, finché galleggiava, non fosse considerata un relitto. Nave e capitano entravano nella leggenda.

Ma che andava a pensare? A un naufragio? Quando uscí sul ponte c'era ancora la luce meridiana. Nessuna terra in vista. Era con Manuel: loro due soli, il piú giovane e il piú vecchio.

– Annick ti ha detto forse qualcosa riguardo a questo viaggio? Da Tolone c'è un silenzio...

– Ci siamo cercati, la notte, nel suo giardino. Quando ci siamo rivisti al mattino mi ha solo sorriso da lontano. Per lei non ero che un marinaio di ventura.

– Non ne sai piú di me allora.

– Prova a chiamare.

– Il marconista non fa altro.

– La destinazione la sappiamo.

– Dovevamo avere una conferma. Non sappiamo ancora a chi presentarci.

– Intanto andiamo, poi vedremo, – disse Manuel. Non sembrava per niente preoccupato. – Manca ancora quasi un giorno.

– Meglio arrivare di notte. Tu parli il serbo-croato?

– Nemmeno una parola. Ma ce la caveremo.

– Per ora non diciamo niente a nessuno.

– Sei preoccupato?

– Non vorrei che la mia carriera finisse in gloria. Ma che inganno è questo?

– Non me lo so spiegare.

Guardarono il sereno: non c'era una nuvola. Era cosí sereno che dove toccava il mare impallidiva. Uno squalo affiorava e scompariva sulla scia della nave.

Ma perché aveva pensato a un naufragio? Meglio rivedere con la mente qualche terra che entrava nel mare e non affondava: Cap Fréhel, rosso violaceo di eriche, coi cormorani addormentati sulla roccia sopra il blu che si frangeva... Poi svaní anche la Bretagna, coi suoi picchi di foschia. Allora con la mente andò alla sua casa com'era anni prima. Aveva un cane, Astro, che sedeva sulla porta e sembrava pensare, fissando un punto lontano. Sua madre scendeva nell'orto e le veniva una lacrima guardando il cane. Sopra l'ulivo, il nido dell'averla.

– Comandante, non si preoccupi. Ce la caveremo.

– Forse non dovevo lasciare Tolone, non dovevo andare a casa.

Questa smania di tornare a Pietrabruna, per dare un'occhiata, per ritrovarsi con Clara! Che gli restava? Un senso di alba, di corpo accogliente, di testa che una carezza ruvida sembrava modellare. L'aveva lasciata là con tutti i suoi problemi.

– Forse se fossi rimasto con voi, – disse ancora, – avrei capito che cosa si preparava. Vi ho lasciato in balia di gente irresponsabile.

– Sembrava che tutto andasse bene.

– È quando sembra che tutto vada bene che occorre vigilare. Mi raccomando, non dire niente a nessuno, per ora, lasciamo l'equipaggio in pace. Mi sembra che tutti facciano bene il loro lavoro. La notte porterà consiglio.

Passava un azzurro laborioso e fedele, tutt'intorno; li portava con sé, onda su onda, verso la sera.

Il vento regnante, preannunciato da un abbassamento del barometro e da un arrossarsi del sole, era da ovest. L'*Hondurian Star* andava a est e guadagnava qualche nodo.

Edoardo cercava di riposare. La notte sarebbe stata dura, con isole e isolotti che emergevano davanti alla costa. E per entrare in porto sarebbero occorse manovre e contromanovre. Ma il riposo non veniva.

Perché gli era venuto in mente il cane che meditava e sua madre che scendeva nell'orto e lo guardava? Adesso risentiva anche le parole di sua madre: «È impazzito a causa delle tue lunghe assenze». C'erano dei momenti in cui quella bestia si avventava ai ceppi delle viti.

Gli sfilava davanti agli occhi tutto un mondo perduto e lasciato solo.

Assenze forzate, da quando la terra dolcemente chiusa era decaduta nelle sue valli. I vecchi aspettavano e i giovani lavoravano. Ora i pochi vecchi continuavano ad aspettare e i giovani girovagavano senza meta.

Manuel venne a chiamarlo.

– C'è un suono subacqueo all'idrofono, non riusciamo a capire.

Era una serie di suoni caotici che non apparteneva a nessun alfabeto convenzionale.

Edoardo diede ordine in sala macchine di rallentare, poi chiese al timoniere di virare lentamente. Ascoltò ancora. Il suono, battendo sulla fiancata, era piú intenso.

– La sorgente sonora è qui vicina... È la nostra eco. Prendi la carta: ci dev'essere uno scoglio che non affiora.

– Sulla carta non è segnato.

– Succede.

Ormai erano di nuovo in zona di silenzio.

Andarono in sala ufficiali. C'era Henri su una sedia inchiavardata, la bottiglia nel buco del tavolo a causa del vento regnante.

– Ci si presenta, caro Henri, una notte dura.

– È quello che cerco.

– Lei porta con sé tutto ciò che le rimane.

– Non dovrebbe avere paura, con quel nome forte.

– Lo portava mio nonno, io non c'entro.

– E che faceva?

– Era contadino.

Lo rivedeva zappare negli ulivi. Alberi, rovesciati nel vento, si scioglievano nel sereno e lasciavano sui costoni una scia argentata.

– Mio nonno invece era soldato, ufficiale di carriera. Se n'è andato a morire nella prima guerra mondiale.

– Al mio paese ne sono morti una trentina, sul Carso, – disse Edoardo. Vedeva trincee nella roccia, mentre l'altro, forse, pensava ai giovani francesi saliti a morire nelle Ardenne. Qualcosa li accomunava nella memoria, sebbene non ce ne fosse bisogno: su una nave si entrava come in religione: ciò che era stato era stato. Nessuna croce faceva piú ombra, tutto era in luce. Ognuno a casa aveva il suo cimitero. Il mare a poco a poco lo sommergeva.

Adesso davanti alla porta passava il nostromo, teneva in mano una gassa impiombata. Lo invitarono a bere. Aveva i capelli grigi e l'aria stanca.

– Vi ringrazio.

Si cancellava dal suo volto l'espressione di muto rimprovero.

– Perché tacete dei vostri padri? – intervenne Manuel in ritardo. – Il mio faceva il pescatore, arrivava sino in Norvegia, credo che lassú avesse un'amante –. Nessuno raccoglieva e continuò da solo: – Ve la immaginate una donna che aspetta in un fiordo e si porta l'uomo a casa?

– Lasciamo perdere, – Henri disse. – Al mondo succede di tutto, specie in tempo di guerra.

– Mio padre ha fatto la guerra civile.

– Tutte le guerre europee lo sono state.

– Non parliamo di guerra, – disse Edoardo, – cerchiamo di pensare ad altro.

– E il carico che portiamo?

Il mare non aveva ancora purificato i cuori.

Uscirono sul cassero. Vedevano i marinai lavorare e Tristan sul ponte. Il pomeriggio dava nel tramonto, a occidente la vecchia muraglia dell'azzurro si rinnovava nel vento.

– Fa un salto dal marconista, chiedi notizie.

Manuel partí e tornò alla svelta.

Il vento del Mediterraneo comportava soltanto qualche correzione di rotta nella luce lacerata. Potevano lasciare il ponte e radunarsi.

– Signori ufficiali, – disse Edoardo, con voce che voleva essere calma e quasi scherzosa, – siamo rimasti soli. Se mi approvate decido di continuare il viaggio. Mi sono fidato di un agente che, non so per quale ragione, non si fa piú sentire. Quando saremo in porto cercherò io a chi consegnare il carico. Farò in modo che tutto vada bene.

Gli ufficiali rimasero immobili e muti sulle sedie ancora fissate.

– Siamo soli con le nostre coscienze, – Edoardo aggiunse.

– Ciò che lei fa è ben fatto, – Henri disse. E gli altri approvarono con un cenno del capo.

– Forse a Tolone volevano proprio che diventassi l'unico responsabile, – disse ancora Edoardo. – È il loro gioco.

Uscí di coperta, salí sul ponte. La nave teneva la rotta, le onde s'acquetavano sotto l'aria ferma.

Erano le prime ore della notte, si addensavano ombre che il mare cullava, si adunavano amici e terre lontane. Rivedeva Giovanni e Clara e il prete di Pietrabruna. «Mi sono cacciato in una storia da cui non so come uscire. Voi capite, non posso lasciare le cose a metà strada». Gli sembrava di trovarsi in un gorgo di dolcezza sul passo della terra. Una costellazione, che lí per lí non riconosceva, strisciava sull'acqua e la rasserenava. «Voi capite, voi che abitate su una collina inaridita, sopra un mare adagiato senz'ombra. Voi vedete di questo viaggio anche l'altro lato, non solo quello improvvisato e delittuoso».

L'ultimo bagliore si spegneva sul mare come un crepuscolo muore sui pini. La costellazione splendeva. Si levavano ancora sfarfallii nella velata sinfonia.

Tornò in sala ufficiali. Vi era rimasto Henri, le luci erano abbassate.

– Com'è il mare, comandante?

– Si sta calmando e il cielo è stellato.

– Le verso un po' di gin?

– Grazie.

– È preoccupato per questo silenzio?

– Certo non sono allegro. Non me lo spiego.

Da orgoglioso lo sguardo di Henri si fece tenero.

– Una spiegazione me la sono data... Noi mercenari godiamo del loro disprezzo. Accasciati dalle colpe di una storia troppo lunga... Certo un tempo fu gloriosa, mi permetto di dirlo... si sono lasciati prendere dall'indecisione.

– Di notte tutte le idee vengono, – disse Edoardo.

Henri levò la mano nella luce fioca, tagliò l'aria come a dire sono nel giusto. E disse che un tempo queste cose non succedevano, la parola era parola e si sapeva da che parte stare; era da un po' che tutto degenerava, a furia di tentennamenti l'Europa andava alla rovina; non c'era piú né dignità né dolore, planava l'angelo del disordine anche sul mare.

Raggiunsero Manuel sul ponte.

– Guardate sopra le nostre teste, le stelle sembrano scolpite. C'è un po' di foschia solo a occidente. Nessuna nave militare in vista, e neppure un mercantile.

Il mare dava delle controspinte come se fossero passati in uno stretto, l'acqua mandava ancora un'eco di sinfonia che s'allontanava. Comparve a prua la testa bianca del nostromo.

– Se volete andare a dormire, – disse Edoardo, – io resto di guardia –. Temeva che i marinai si allarmassero se li vedevano in tre lí sul ponte.

– Sono abituato alle notti in bianco, – disse Manuel.

– Riposo un po' qui, – disse Edoardo, – se tu sei ben sveglio.

Ormai era rotta la disciplina dei turni, e doveva essere pronto a mettersi al timone entrando in porto.

Regolarono la velocità in modo da entrare sul far del giorno. Il radar segnalava lontano, al largo, qualcosa di enorme: forse la *Clemenceau*, o la *Kennedy*, una delle due portaerei di guardia al mare.

Ormai tirava brezza di terra.

Tutti gli ufficiali si ritrovarono sul ponte, spinti dall'inquietudine.

– Signori, ora entriamo, – disse Edoardo. – Con la luce, che sta per sorgere, possiamo controllare le rive. Qualunque cosa accada, resta inteso che voi non sapevate niente, né il carico né la rotta. Grandi pericoli non dovrebbero esserci; ma una fucilata sparsa può sempre arrivare, e se qualcuno se la prende, pace alla sua anima.

Cominciarono a navigare con prudenza in rada.

L'alba come una falena bianca si affacciava sulla terraferma. Rimbalzava su isole rocciose, decapitava qualche scoglio, nel porto vuoto sfiorava un peschereccio, con le sue tenebre argentate. Poi apparve un paese in una sorta di dolina discosta dalle rive. Gente che non amava il mare, venuta dalle pianure?

Troppo silenzio, non si vedeva nessuno. Poteva essere un paese terrorizzato.

Le case erano basse; in un interno, una donna alla macchina da cucire; sulla piazza, una fontana e una chiesa priva di sfarzo. Sopra le case, la strada saliva tra i melograni. Qualcosa in alto luccicava tra le pietre.

– Guarda un po' bene, Manuel –. E gli indicò dove puntare. La mano al binocolo sudava.

– Ora che me lo dici, le vedo, lassú tra i cespugli: sono canne di mitragliatrici.

– È meglio tornare indietro, ancorare fuori rada.

Virarono con manovra lenta nella strettoia. L'equipaggio era paziente, la bassa forza si comportava bene.

La nave era di nuovo fuori, ben ancorata e malinconica. Uno scoglio la proteggeva, ma impediva anche la vista della costa.

Edoardo fece calare la scialuppa.

– Vado sullo scoglio. Mi studio un po' le rive.

– Vengo con te, – disse Manuel.

– Prendi la bussola tascabile.

Andarono per onde verdi, di traverso, illuminate dalle schiume. Sullo scoglio crescevano scotani imporporati. La costa col sole alle spalle tremulava come un fantasma sul mare.

– Aspettiamo che il sole si alzi. Vedremo meglio.

Appena il sole fu piú alto, si misero a guardare. La costa, assai vicina, era tutto un susseguirsi di picchi e di calanchi, ma vi si apriva anche una cala da cui partiva un sentiero. Edoardo osservò sulla bussola la direzione da tenere per raggiungere quella cala nelle ore notturne.

– Stiamo un po' qui e vediamo quel che succede. Segui il sentiero.

– Sale, passa sopra un baratro, poi il sole se lo porta via.

Ce ne metteva quel benedetto sole a staccarsi dalla collina, a investirla di fronte.

– Che ne dici, Manuel, ci imbatteremo nella morte?

Gli era scappata, ma ormai era tardi. – Scherzavo, – aggiunse.

– Todos somos mortales, pero no pensamos en la muerte, – disse Manuel tornato all'improvviso alla sua lingua.

– Guarda ancora bene, guarda piú che puoi.

– Ci sono pietre e cespugli e lassú, nel sole, appaiono degli alberi. Vuoi che ti passi il binocolo?

– È un posto che ti piace?

– No, non proprio. Ma che strana domanda...

La luce sfiorava l'onda lunga che batteva nello scoglio, al largo sprofondava e sembrava salire insieme al mare. Luce ondosa.

Capitolo undicesimo

Partirono dalla nave alla sera, lui e Manuel, in un tramonto di ombre grige. Manuel non aveva voluto lasciarlo andare solo.

– Finora abbiamo agito come sonnambuli del mare, – disse, appena messo piede a terra, nella cala. – D'ora in avanti dobbiamo stare piú attenti, per chi ci aspetta a casa e per chi prega, se c'è, per noi nel cielo.

Ci si vedeva appena. E presero per il sentiero che avevano studiato prima e che adesso finiva contro una riga scura, un orlo di querce già stellato.

Dall'alto un gufo schiamazzava.

– Buon segno. Vuol dire che non c'è nessuno.

Andavano contro l'aria che scendeva dall'altopiano.

– Chi ti aspetta a casa? – chiese Manuel.

– Che mi aspetta proprio, forse nessuno. Ma una donna conta su di me per i suoi problemi. Dorme con la finestra aperta per sentire il mare.

– È cosí in ansia?

– S'accorda col suo fiato per dormire. Da noi il mare sale per rocce e per dirupi col suo respiro. Ma adesso non parliamo. Meglio sentire che essere sentiti.

Il gufo aveva cessato il suo canto caotico. L'aria portava soffi non amalgamati: pietre, cespugli e un fruscio solenne di foglie secche: querce alte, a perdita d'occhio.

Pensava ancora a Clara che spesso andava a coricarsi dove il mare batteva secco, i capelli stesi al sole come un drappo funebre.

Camminavano in silenzio, al buio, su un piccolo altopiano. Poi alla loro destra comparvero le luci del paese. Cercarono un sentiero per scendere.

Il paese era impaurito e tranquillo. La guerra era al di là delle colline, degli schienali rocciosi, forse la tenevano lontana gli uomini armati sul crinale. Non c'era nessuno per le strade. Sulla piazza un vecchio parlava da solo, piano, sembrava pregare. Nella locanda affollata, umanità indefinibile, contadini non piú tali, pescatori che non osavano piú uscire o rimasti senza imbarcazioni. Vita fermata dalla brutalità dei tempi, rapinata: negli occhi, nel mormorio i segni di una isterilita dolcezza. A un tavolo, un uomo ferito, la spalla avvolta da una benda.

Fu una ragazza ad avvicinarsi. Si era messa poco discosta, alla finestra, e si girava a guardare, piuttosto timida e come assente. Era di una modesta eleganza, giaccone blu, da marinaio, e calzoni attillati. Le si rivolsero in francese e la invitarono a sedere. Fortunatamente capiva.

– Vi credevo di Zagabria.

– Perché di Zagabria?

– Sono venuti da là degli uomini in questi giorni.

Le chiesero chi erano gli uomini venuti da Zagabria e come mai sapeva cosí bene il francese. L'aveva studiato a scuola, lei disse, e degli uomini di Zagabria non sapeva niente. Erano comparsi in paese da due giorni. Un tempo ne venivano molti in vacanza. Aveva una stanza che dava sul porto e la affittava. Suo marito lavorava in Germania, lei era senza lavoro. Erano stati compagni di scuola.

– Compagne di scuola non ne avevo, – disse Manuel. – Avrei voluto averne una, ma come lei.

La donna alzò gli occhi lievi, distanti, sorrise con mestizia.

– Mi sono sposata adolescente e mi sono ritrovata adulta appena sposata.

– Io mi sono trovato vecchio sul mare, – disse Manuel. – La gioventú non l'ho proprio conosciuta.

– Ma se è ancora un ragazzo, – lei disse, – non ha l'aria di un uomo maturo. Si ricordi che qui ci sono dei pericoli.

– Il paese è tranquillo, mi pare.

– Ma la strada è contesa. Ogni tanto portano un morto.

Le colline erano parallele al mare e la strada scendeva dalle colline. A Edoardo sembrava di aver già capito ogni cosa: ora nelle mani degli uni, ora nelle mani degli altri, circondata da rocce, chi usciva allo scoperto perdeva. Gli sembrava anche di capire chi potevano essere quegli uomini venuti da poco e aspettava che la donna ne parlasse ancora.

Ma quei due sembravano persi in un idillio. L'eco della guerra lo favoriva. Manuel aveva lasciato da poco il mare e lei aveva il marito lontano. Chissà che andavano sognando.

– Bene! – disse Edoardo, – vado a fare un giro.

Sentiva l'attrazione di quella terra, di quel paese ancora in pace.

– No, resti, – disse la donna, – non si esponga.

– Che pericoli ci sono?

– È pericoloso girare di giorno, figuriamoci di notte.

– Ci saranno altri bar, altre locande?

– No, questo è l'unico.

Li condusse per vicoli, rasente ai muri. Li fece salire in casa. Era a forma di torretta. Si vedeva il mare.

– Perché hanno costruito il paese cosí in alto?

– Non so. Venite. Da quest'altra finestra si vedono le montagne –. E indicò un'aspra muraglia. – Al di là ci sono gli altopiani.

L'alba era sorta da quella muraglia, l'alba ch'era parsa

una grande falena mentre entravano in rada. Su quegli altopiani avvenivano cose a cui era meglio non pensare. Nascevano dalla tenace memoria del male. Il tempo per quei popoli era un eterno presente... (cosí Edoardo aveva sentito dire)... i secoli bruciavano in un istante...

La donna offrí un liquore.

– Beviamo a questo incontro.

– Mi chiamo Narenta. Voi mi dovreste dire che cosa cercate.

– Forse quegli uomini che lei dice venuti da Zagabria.

– Domattina ve li faccio incontrare.

– È meglio stanotte, non possiamo aspettare fino a domani.

– Posso andarli a cercare.

– Posso offrire io adesso? – disse Edoardo. E tirò fuori la bottiglietta dalla tasca della giacca. – Il gin porta bene.

La donna, prima di andar via, passò la mano sul braccio di Manuel.

– Che ne dici, saremo caduti in trappola?

– Credo che ci possiamo fidare. D'altra parte non avevamo altra scelta, – disse Edoardo.

Sorrideva pensando alla morte. A Manuel non ne poteva parlare, non ancora, non c'era abbastanza confidenza. Aveva sempre desiderato d'essere sepolto con la faccia girata verso il mare. Dopo che aveva sentito che nella Franca Contea c'era stata gente che si era fatta seppellire in piedi rivolta verso Ginevra. Clara invece contava di essere bruciata.

– Stare qui al chiuso non ci fa bene, – disse. – Apri la finestra e controlla la strada. Se arrivano in troppi, fuggi. Torna sull'*Hondurian* e riprendete il largo. Può darsi che da Tolone arrivi qualche notizia. Il mare è mare, ha una sua innocenza.

Meno male che andavano incontro al giorno. Al suo paese non amavano le ore che andavano incontro alla notte. Lo dicevano sulle mulattiere, su lunghe strade. «Se parti col buio e arrivi nel podere all'alba, non è lontano. È lontano quando non arrivi mai nel tuo». Gli venne in mente il padre di suo padre, grande lavoratore e accanito conteur. Non rinunciò nemmeno prima di morire (e aveva già avuto i «tre sudori»). «Duà che giorno è oggi?» «Sabato». «Allora sarà sabato per sempre».

Andò alla finestra e guardò la strada: in fondo, lontano, c'erano bagliori bianchi, di rocce carsiche. La luna stava per sorgere. Tornò al tavolo, trasse di tasca un foglietto e si mise a scrivere. Lo piegò e lo diede a Manuel.

– Lo leggerai, nel caso non riesca a tornare –. Pronunciò quasi senza accorgersene le parole del Santo: – Miserere mei, Domine, quia dalmata sum.

– Hai studiato in seminario? Come parli?

– Sono amico di un prete al mio paese.

Ebbe un soprassalto di nostalgia pensando alla nave che ancorava fuori, dietro lo scoglio, in grado di andarsene, di sfuggire ancora per qualche anno all'appuntamento.

Narenta andava svagata dietro a un uomo che marciava con impeto. In fondo alla strada la luna si staccava dalle rocce.

– Aspettiamoli seduti, – disse Manuel.

Anche entrando l'uomo mantenne il passo impetuoso.

– Sono diversi giorni che aspettiamo, – disse dopo essersi presentato. Tirò fuori dei documenti da una borsa. Erano stati redatti a Tolone.

L'uomo aveva una gran testa di capelli grigi. Era agitato e sembrava aver bevuto.

Dimostrò che metà del carico era già stato pagato. Non capiva perché da Tolone non rispondesse piú nessuno.

Parlando il francese incespicava. Disse che una nave si era affacciata ed era sparita.

– Procediamo con calma, – disse Edoardo. – La nave non è lontana. Possiamo andare a prenderla ed entrare in porto domani.

Narenta rimise i documenti nella borsa. Poi versò da bere.

– Alla salute di questa terra tormentata, – disse Edoardo.

L'uomo assentí con un sorriso. Lo sguardo rimaneva fiero, quasi truce. Narenta si offrí di accompagnarli se tornavano alla nave. Poi disse che se erano stanchi potevano fermarsi a dormire.

Non erano stanchi e avevano voglia di partire: sulla nave li stavano aspettando.

– Noi vi siamo riconoscenti, – l'uomo disse. Parlò di se stesso. Si chiamava Sutej, era erzegovino. Era stanco di essere al mondo, non gliene sarebbe importato niente andarsene nell'altro, ma c'erano donne e bambini da proteggere.

– Credevo venisse da Zagabria.

L'uomo sorrise, un sorriso che finiva in una sorta di rantolo.

– Vengo da Mostar. Narenta è stata eccessivamente prudente.

Manuel guardò la donna e scosse il capo. Quella prudenza lo insospettiva? Per Edoardo invece era rassicurante.

– Succede di tutto, – l'uomo diceva, – dalla tortura alla crocefissione; l'istinto si fa perverso... Voi mi direte: nulla di nuovo sotto il sole. La terra ha sempre portato il lutto.

All'improvviso si sentí un'arma crepitare sulla montagna; poi una campana si mise a suonare. Un suono argentino. Doveva esserci un'aria fine.

– Affrettatevi ad andare. Entrate in porto quando volete. La mia squadra è pronta.

– Se vengo anch'io non vi dispiace? – Narenta chiese. E si rimise il suo giaccone.

Una nuvola si faceva bianca, il colore del mare si ravvivava, la luce scendeva lungo tristi rocce.

– La guerra l'abbiamo solo sfiorata, – disse Manuel, – ci è andata bene.

– Aspettiamo a dirlo, aspettiamo d'aver ripreso il largo.

– Da alcuni giorni, comandante, vedi la vela nera. In alto mare eri diverso.

– Questo è vero. Non so cosa mi succede.

– Ma tu perché sei qui? L'hai già chiesto a tutti noi, e tu non l'hai mai detto.

Edoardo si fece coraggio e lo disse. Aveva una donna a cui teneva e si sentiva povero e vecchio.

– È bella quella donna?

A guardarla (ma questo non lo disse) qualche veliero salpava in sogno.

I cespugli tra cui passavano erano macilenti, ma qualcuno aveva tutte le gamme del rosso. Vedevano la scialuppa ondeggiare di là dalla frangia, dove l'avevano lasciata, e lo scoglio che celava la nave. Ciò sembrava recare un senso di pace.

– Perché non hai voluto venisse con noi Narenta?

– Credevo vi fossero dei pericoli. Se avessi saputo...

A una svolta si imbatterono in due morti, riversi, accordati alla terra. Uno aveva il berretto discosto, se lo era tolto e gettato via morendo, l'altro teneva una mano al fucile che aveva ancora a tracolla. Edoardo toccò le loro fronti: erano fredde, bagnate di una strana rugiada. Avevano su quel poco di terra una posa raccolta e intima, come se avessero radunato le ali.

– Sta attento, non stare allo scoperto, ci possono tirare dall'alto.

– Non me ne importa.

Sul mare ravvivato si stendeva il sole, miriadi di glicini coi loro rami in fiore. Ripresero a scendere verso la scialuppa.

– Non capisco: noi, ci hanno lasciato passare.

– Forse dall'alto ci hanno protetto, forse quei due andavano ad aspettarci nella cala.

– E bravo, comandante, come fai a saperlo?

– Le cose non avvengono per niente... Ma vorrei sbagliarmi.

Tolsero l'ancora alla scialuppa, andarono remando. Il sole inondava il mare, le rocce di calcare, il balzo dei morti.

– Navegamos! En derredor todo es misterio y calma. Por qué no cantas, capitán?

– Yo nunca voy alegre –. Edoardo ricorreva a quel po' di spagnolo che sapeva.

– Comprendo: estas naufrago de los mares de la vida.

Non fece commenti.

Allora l'altro disse ancora:

– Por qué no cantas? Una cantiga por una señora o por el mar.

Perché non cantava lui, disse Edoardo, cosí giovane, cosí innamorato di ogni cosa da tornare alla nave come a un «suelo natal».

Capitolo dodicesimo

Henri disse che avevano trascorso una buona notte; sapeva che sarebbe andata bene: aveva notato nel firmamento una danza d'angeli. Parlava senza logica, forse aveva bevuto.

C'era un'atmosfera confusa e disgregata, da viaggio interrotto per sempre. Ma la nave fece un ingresso solenne nel porto vuoto.

Vi assisteva Narenta seduta su un masso ai piedi della petraia. Al sole, si era tolta il giaccone. Scendeva a folate un odore di ruta. Altri fiori, incrinati dall'autunno, prendevano lo smalto della pietra.

Scaricava la nave una squadra del posto. Narenta venne a vedere insieme a un uomo che presentò come deputato. Era sulla quarantina, alto e robusto, in maniche di camicia.

– Io sono un uomo di mare, – disse Edoardo come per scaricarsi la coscienza.

– Non sa il piacere che ci ha fatto. Il mio villaggio è stato cannoneggiato, mia figlia è quasi impazzita. Ho una figlia di sei anni... Lei non immagina ciò che avviene sugli altopiani, per sua fortuna è uomo di mare. Abbiamo scatenato forze che non possiamo piú controllare, la nostre radici affondano dentro un male di secoli.

Edoardo disse che non c'era terra che non fosse malata. Si pentí e aggiunse che non voleva svalutare il loro dolore. Era il mondo che non andava. Solo sul mare passava ancora qualche ora carica di pace.

– Lassú sulla montagna la vogliono conoscere. C'è il nostro comandante. Garantisco io per lei.

Andò su con una specie di «fuori strada» guidata dal deputato. Curve e avvallamenti di un fondo petroso modulavano il loro andare. Salirono rasente al balzo dei morti in pieno sole. Pensò che per quei due distesi per terra la giornata non sarebbe piú passata.

Sull'altopiano s'apriva un anfiteatro di dossi, ancora investito dalla luce marina. L'azzurro era meno laborioso che in Liguria: sbiadiva appena toccava il suolo.

Il comandante allungò il braccio per accoglierlo e stringergli la mano. Era un braccio lungo e magro. Nel viso, tempie e occhi erano infossati.

Ringraziò i marinai e la Francia che li aveva mandati. Edoardo ebbe vergogna di contare i marchi ricevuti; fissò la porta dell'ovile da cui l'uomo era comparso e chinò il capo. Il sole batteva in un ginepro. Al di là di altri uomini e di un muretto, un azzurro piú insistente s'intagliava un sentiero. Tutte le altre terre erano grigie o sbiancate.

Capitolo tredicesimo

Non si poteva scendere. Un gruppo avversario aveva preso posizione sull'altura di fronte. Teneva la strada sotto tiro. E veniva sera. C'erano roveri sbalzati nel cielo come sculture. Piú in là dei loro riflessi metallici c'era una vigna, protetta da un muretto, con l'uva che si appannava di brina. «Bisogna che parli, – pensava Edoardo, – che dica tutto quel che penso di male del mio viaggio, che dica dei morti non ancora sepolti laggiú sul sentiero».

– Deve passare qui la notte, – disse il comandante. – Stanotte li snideremo.

– Non c'è un punto da cui si possa vedere il porto?

– È troppo a ridosso.

Si vedeva il mare scivolare sotto una riga di diamante.

– Vuol dire che aspetto, non ho premura. Speriamo che il porto sia sicuro. O non c'è niente di sicuro in questo paese?

– È sicuro, stia tranquillo.

Arrivavano uomini armati e trafelati. Gettavano su un tavolo di lastre d'arenaria tascapane e giacche a vento. Era un tavolo da pastori, poggiato su due grandi pietre.

Poi arrivò un gruppo di gente giovane che non depose i fucili. Edoardo capí che parlavano di fucilare un uomo che avevano lasciato con i polsi legati accanto al muro della vigna. La morte era di casa su quelle alture già nel lume della sera.

«Col buio posso andarmene, – pensava, – troverò ben

un sentiero per scendere, un sentiero che passi al riparo fino al mare».

Sentí una raffica d'arma corta e fissò la terra per non guardare. Immaginò la sera che cadeva su quell'uomo con le sue ombre pietose. Una mano gli toccò la spalla. Era Narenta; e mancò poco non l'abbracciasse.

– Com'è venuta?

– Ero al di là della vigna in un'altra postazione.

– Ma com'è salita? Si può passare?

– Sono venuta su con una macchina poco dopo di lei.

– C'è anche Manuel, per caso?

– Ci aspetta sulla nave.

La sera cadeva come una coltre di terra con una grazia austera. Egli sentiva il suo sangue come sedimento di mare che fiottava verso qualcosa di mite. Guardò gli insetti che, prima del buio, si affrettavano a involare il polline al calice azzurro di alcuni fiori. C'era poca terra, erano tutte pietre.

– Che pensa? – lei chiese.

Non c'era piú nulla che potesse rallegrargli il cuore. Ma in un impulso di marinaio, facendo ricorso a spazi e tempi lunghi: – Finirà, – disse. Aveva visto cose peggiori, anche se queste non se le aspettava.

Parlavano. Ma era come se avessero fatto silenzio nella luce che danzava sulle pietre, mentre un insetto volava con ali vitree. Le cose entravano nella memoria e un giorno avrebbero lanciato un grido. Sarebbero occorsi anni di sole e di mare per guarirle. Ma ormai era vecchio.

– Se ne vada, lei che è giovane.

– Pensavo di venire via con voi.

– Non le posso negare un passaggio, – egli disse, anche se andava contro i suoi piani. Per lui su ogni nave vigeva una sorta di dovere d'asilo.

– La ringrazio –. E si allontanò a passi lenti verso il muro brillante sull'ombra e l'uva con la brina.

Nella notte la sentiva gemere. «Plus on tue, plus on couche», dicevano i francesi. Chissà in realtà come andava. Perché una donna decideva di coprire una malinconia con vecchi impulsi.

Dopo, il silenzio si stese sulle brande e sul fieno dove una parte degli uomini dormiva. Edoardo sentiva di non avere potere sulla memoria, dove i ricordi salivano: le strade su cui andava, la terra percorsa invano...

Rivedeva il crinale sopra la casa di Clara e Clara in tutta la sua bellezza nel suo dolore antico. Poi galleggiò su un ricordo la vigna paterna, coi mandorli davanti alla casetta murata a secco.

Ora c'era silenzio, ora spari, ora fruscio di fieno.

Al mattino gli fluttuavano nella mente ricordi di sogni.

– Com'è andata? – gli chiese il deputato.

– Bene.

Clara stava preparando il caffè su un fuoco di fuscelli. Batteva sulle rocce una luce grigia, le pernici cantavano.

– Erano belle queste terre, un tempo. Lei da dove viene?

– Da un paese di vigne, di uliveti.

– Non di mare?

– Di mare? Non direi. C'è una conchiglia in chiesa per acquasantiera.

– Bigotti?

– Mah! Cosí, per portafortuna.

– È bello questo mattino. Non le pare?

Chinò la testa. Tornava a vedere la sua donna nell'aria pura, corpo limpido, da pala d'altare. Forse un po' bigotto lo era. Anche le rocce avevano uno sfondo trasparente.

Parlò di vigne. Non erano, disse, quelle della Gironda, grandi, con viali di carpini davanti all'Oceano e alle maree.

– Un po' come queste?

– Piú costruite; ma se ne stanno andando.

Narenta versò il caffè in tazze senza manico posate sul tavolo di lastre.

– L'avevo presa per un'altra. Il mattino mi fa degli scherzi.

– C'è qualche somiglianza?

– Direi negli occhi.

Lo guardò con malizia. Chissà quanti uomini avevano cominciato cosí, per attaccar discorso in tempi normali.

– Stanotte ti aspettavo, – lei disse al deputato; – ma non ti ho visto.

Parlavano in francese perché i loro connazionali non capissero. Edoardo si allontanò di qualche passo verso la vigna e il morto. Sull'uva e sull'uomo la brina s'era ispessita; soltanto il sole l'avrebbe sciolta.

Fu lei a raggiungerlo. Un passo che scricchiolava.

– Non li seppellite proprio?

– Ce n'è troppi in giro.

– La pietà non ha potere. È troppo vecchia?

Fu lei a cambiar discorso:

– Allora, ha gli stessi miei occhi?

– Non dovevo dirlo.

A Clara non piacevano i raffronti; com'era, era: non voleva che se ne parlasse. Il lato fisico delle cose lo dava per scontato.

– Si faccia coraggio e me ne parli.

(Sembrava avere indovinato i suoi pensieri).

Sui muretti, sulle rocce, brillava il vento. Montagne, finora grige, tentavano il colore. Non sapeva che dirle. Pensava ancora a come si comportava quando era nelle mani dei ricordi: si aggrappava a un fiore, a un cespuglio, ascoltava il mare come una liturgia.

– Dev'essere molto bella, – lei disse, visto che lui taceva.

Per loro adesso parlava il vento, non forte, melodioso come un canto armeno. Dove aveva visto quel colore, un azzurro spento, lontano, che la montagna prendeva?

Si avvicinò il deputato e disse che la strada era sicura e

che fra poco si partiva. L'aveva liberata il comandante quasi da solo e ne era uscito ferito.

– Bravo quel comandante!

– Peccato che nella testa abbia un Dio fatto libro.

– Nella testa ci può essere di tutto, – disse Edoardo.

Bisognava capire al volo. Ne aveva conosciuto di credenze, di fedi, quando navigava, nei suoi anni migliori, con spirito d'avventura. Gli piaceva parlare coi Padri Bianchi, che attraversavano i deserti e si conciliavano coi popoli con un brindisi.

Andarono a sedere al tavolo di lastre, dove c'erano ancora, sui cespi vicini, gli accaniti insetti del giorno prima. Avevano ripreso la stessa vita per sopravvivere.

S'accorse che Narenta aveva nel volto quegli zigomi che tendevano gli occhi verso l'alto, che anche Clara aveva.

– Non ha sete? – lei chiese.

E lo portò a una fontana che sgorgava da una roccia. Si chinò a bere. Abito slacciato, pelle sottile e chiara, nelle lamine splendenti di un'aria morsa dal mare.

– Adesso che ho bevuto, potrei incamminarmi, – disse Edoardo.

Sentiva la tristezza della fine di un compito. E sulla nave lo stavano aspettando.

– Al di là di quelle colline si passa da una banda all'altra. Rapine, saccheggi, uccisioni. Capisco che se ne voglia andare.

Parlava con calma e il suo corpo mandava lampi lussuosi.

Non si partiva ancora, un cecchino teneva sotto tiro il tornante dei lentischi. Qualcuno si era già avviato per andarlo a liquidare. La morte pendeva sul suo capo, una morte nuda fra quelle rocce.

Narenta propose a Edoardo di far due passi, gli procurò una pistola. – Non si sa mai, – disse. – Sa sparare?

– Con il fucile ero preciso.

Non aveva intenzione di adoperarla, a meno di non essere minacciato e che non minacciassero lei soprattutto. Quel corpo dorato steso al suolo: proprio non gli andava.

Passarono in un'erta di rosmarini agitati dal vento. Gli vennero in mente rosmarini e api di Pietrabruna, i cespi di lavanda che il cielo rendeva armoniosi ed infuocava.

– Allora a casa ha una donna? E son tanti anni che l'aspetta?

– Son tanti anni...

Cercò di pensarla e si copriva di tenebra.

Ma sapeva che ogni volta che tornava la riscopriva, bellezza ignorata. Gli raccontava cose incredibili: «Un mese fa ho portato una rosa al mare...» Già la tenebra andava diradandosi.

– E Manuel ha qualcuno che l'aspetta? – Narenta chiese ancora.

– Non lo so, non me ne ha mai parlato.

– Che ne direbbe se venissi via con voi?

– È già d'accordo con Manuel?

Lei rispose con un malandato sorriso.

– Una sorta di diritto d'asilo sulle navi esiste ancora, – egli aggiunse.

Le colline dal crinale bianco erano blu ombra dove non batteva il sole. Un picco ricordava il «dito di dio» di una calanca marsigliese. Un flutto nell'aria, e un astore si posò su un albero. Teneva, per reggersi, le ali semiaperte. «In qualche modo questo viaggio si dovrà concludere, – egli pensava. – Non vorranno tenermi qui per sempre».

Maree petrose qua e là si coloravano di un azzurro torbido. «È strano l'animo umano, adesso vorrei inoltrarmi». Al di là palpitava il cuore di un popolo perduto.

– Che fa? – lei disse. – Ha allungato il passo. Meglio tornare, qui ci esponiamo troppo.

Da un casolare usciva un uomo. Andava con passo ondulato, piedi aderenti al suolo, lento, con pastorale eleganza. «Noi marinai non riusciremo mai a essere cosí, coi nostri sbandamenti». Lo seguiva un cane lionato e mogio.

Edoardo salutò in francese. L'altro rispose in italiano; chiese dove andavano.

– Si passeggia.

– Ognuno è libero d'andare. Ma non sono posti da passeggiate. Oltre quel crinale si scannano. A me hanno rubato le capre. Mi è andata ancora bene, coi tempi che corrono.

– Ci consiglia di tornare indietro?

– Io non vi consiglio niente. Cercate il rotto?

Tornarono alla costruzione dove avevano dormito. Comandante e deputato erano spariti.

– Questo è un mondo dove tutti si eclissano.

Prima il silenzio di Tolone, ora mancava un responsabile.

Sedettero sulla porta, su ceppi allineati sotto un corbezzolo. Guardava i sentieri che scendevano tra rocce. «Se vai piano fai da bersaglio e se corri... la morte ama chi corre».

– Aspetto ancora un poco, – disse, – fino a mezzogiorno.

– Ora ritornano. Qui non si trova bene?

– Mi posso trovare bene dappertutto. C'è la vigna, il bosco.

Era tentato d'andare a vedere se l'uomo ai piedi del muretto s'era coperto di sole. Ma non si mosse.

– Tanto, la nave aspetta, – disse ancora.

Passarono due giovani e un anziano usciti dal casolare. Li guardò girare tra i cespugli. «Che razza di ronda!» pensava. Narenta si tolse dal ceppo, si coricò per terra. Mise la testa su un cespo di timo.

– Stanotte ho passato le mie.

– Ho sentito.

– Credevo non se ne fosse accorto. Ha fatto bene a non muoversi.

Anch'egli si stese. Giravano due nuvole come due grandi falchi.

– Pensavo fosse d'accordo.

– Li avrebbero fucilati.

Egli pensò che si moriva anche per meno, dopo che erano scaturiti dalla terra odî atavici. Poi pensò di nuovo alla nave che lo aspettava. La ronda era tornata, incespicava nelle pietre. Parlarono con Narenta in una lingua che non capiva. La donna indicava verso il mare.

– Che hanno detto?

– Chiedevano chi eri.

– Non lo sapevano ancora?

Un torrente arido attirò la sua attenzione: s'infilava in una gola e aggirava uno sperone, probabilmente scendeva fino alla costa. Un buon varco, nella notte, o anche prima, quando le colline gettavano la loro ombra nell'oro della sera.

Su una cresta tesa nel sole comparvero degli uomini e sparirono. Forse studiavano una strada pure loro e aspettavano la notte per scendere.

– Bisogna star calmi, – disse.

Bisognava star calmi e orientarsi in quella confusione. Adesso non si vedeva piú nessuno. Narenta s'era quasi addormentata e non parlava. Un po' piú sopra, dove c'era il morto vicino all'uva, la luce faceva una sorta di vela bianca.

Un azzurro liquido, stratificato, navigava nel cielo. L'aria tremava contro una parete di blocchi orlati di scuro e luminosi. Gli veniva davanti agli occhi il mosaico di un mondo vano.

Ecco, adesso, la ronda tornava. Volevano interrogarlo, tramite Narenta. Rispose con scrupolo. Ma quando gli chiesero perché lo faceva (per motivi morali, per arricchire?) non seppe che dire.

Rimase solo. Narenta era andata a cercare qualcosa da mangiare. Guardava una quercia: stentava sulle rocce e faceva compagnia al vento. C'erano al suo paese terre altrettanto avare intorno a un ultimo ulivo. Mancava uno specchio di mare nel lento cammino del giorno. Era bene. Non era tempo di mettersi a ricordare.

Ma Clara fece il suo colpo di mano nella memoria: si sdraiava in silenzio, meno avara della terra. I suoi occhi non guardavano nulla e nessuno.

Si sentí di nuovo sparare. Ma Narenta riapparve sul sentiero, un pane sottobraccio. Posò il pane su una pietra.

– Chi c'è lassú?

– Un ferito, e uno che lo custodisce.

– Grave?

– Leggero.

– Lo uccideranno?

– Se non è dei loro.

Pensò di nuovo a Clara: «Se non la scampo, ti cercherò sempre in qualche mare».

– E la ronda? – chiese. – Voglio dire quelli che ci hanno interrogato.

– È ancora in giro.

Guardava una casetta solitaria e ben esposta sotto le rocce, con querce allineate come per un ornamento antico. Sopra c'era il mosaico, l'uva e il morto. Era come un altare a cui mancava solo il mare ad allargare il respiro. Prima aveva osservato il crinale.

– Non voglio comandare, – disse. – Ma, dia retta a me, è meglio il buio con questi chiari di luna.

Adesso era Narenta a volersene andare prima di sera, anche se le giornate s'erano accorciate. E chiese se la notte non gli faceva paura.

– Non mi ha mai fatto paura. Quante volte mi sono incamminato prima dell'alba. Se l'aria è fine e il cielo è sereno bastano le stelle per vederci.

– Andava a caccia?

– Me ne sono pentito, – disse subito.

Le lepri arrestate nella loro corsa gli davano rimorso: dondolavano sulla schiena prima di morire. Le pernici stramazzavano nel volo dopo il canto del mattino.

Lei domandò se aveva avuto un cane.

– Un breton. Non l'ho mai piú portato a caccia, è impazzito.

– Era un cane fedele?

– Alla sua passione. Ha mai visto i cani dei mendicanti accucciati sulle scale? Quelli sono fedeli...

– Pensa che ce la faremo ad andarcene?

– Penso di sí. Me lo auguro per lei che vuol venirsene via con noi.

Ma l'*Hondurian* sembrava ancora un miraggio, nave carica di speranze che puntava ad altri viaggi.

Osservava il terreno intorno. Si vedeva ancora qualche traccia di solco seminativo, qualche traccia di terrazza. Qua e là un coppo ben messo, raso suolo, per far scorrere l'acqua della cisterna. Una vite s'aggrappava coi viticci dei tralci secchi a un resto di muretto, i tralci verdi, già dorati dall'autunno, pendevano nell'aria. Il legno morto reggeva il legno vivo.

«Fosse cosí anche per noi!» Si scosse come da un sogno. Guardò di nuovo il crinale. Gli pareva di scorgervi ancora movimenti d'uomini. Forse aveva ragione Narenta. Era meglio muoversi. Si preparava – lo vedeva dai lenti moti dell'azzurro – un tardo meriggio, solenne e di massacri.

– Andiamo verso quel greto di torrente, – disse. – Ormai le strade sono tagliate.

Camminarono sino al greto del torrente, poi nella gola che aggirava lo sperone e sfociava sopra il mare. Ma alla fine di quella gola, in una roccia a scafe, il greto si perdeva. Raggiunsero, camminando sui ciottoli, l'orlo di un precipizio.

– Ora bisogna cercare un sentiero.

C'era, non molto lontano; ma dopo due giri valicava un saliente roccioso esposto da tutte le parti. Un invito per il tiro al bersaglio.

– C'è di sicuro qualche arma puntata, – disse ancora.

– Su noi?

– Su quel valico.

Tornarono all'idea di aspettare la sera e si nascosero tra massi e ginepri. Il sole girava ancora alto e si vedeva il mare ridotto quasi a petraia.

– Quale dio avrà inventato questi posti, quale maestà rocciosa?

– Non le piacciono? – disse Narenta.

S'era seduta, braccia poggiate sulle ginocchia, mani incrociate. S'era tolta le scarpe ed era a piedi nudi.

– Sono piuttosto disagevoli.

– Se fossi ricca, e ci fosse una bella strada, mi ci farei una casa.

Lui disse che l'idea gli piaceva.

– La sua com'è?

– È tutta fessurata, fra poco sarà buona per i nidi dei passeri solitari. Li conosce? Hanno un piumaggio azzurro scuro, un canto dolce e malinconico.

Ma non era il momento di pensare alla casa. Non era colpa sua se era piantata su una frana. Non era il momento di pensare a rinforzarla.

Scese un grande silenzio. Si sentiva la risacca. In mezzo al mare pullulava una piccola macchia argentea, sembrava voler prendere il largo.

– È questo torrentaccio che risorge. Qui tutta l'acqua deve scorrere sotterra.

Cominciarono dei tiri, rari, di disturbo e di aggiustamento, sepolti da lunghi silenzi, poi piú nutriti. La luce del sole sembrava tremare.

– Forse distruggono la casa dove eravamo, siamo andati via in tempo. Speriamo che in porto siano sicuri.

– Il porto lo difendono.

– Ne è certa? Cerchi di riposare.

Stava seduta, le braccia ancora sulle ginocchia. Il volto era quasi di profilo e la luce di sbieco esaltava gli zigomi in un gioco di forza e di tenerezza.

– Giú di là, – le disse, – ci dev'essere uno scoglio.

Si vedeva a malapena con tutte quelle macchie di sole, tutti quei riflessi.

– Non posso piú guardare, soffro di vertigini.

– Ci mancava anche questa.

Lei gli sorrise.

– Che ci posso fare?

– Non si preoccupi. Cercheremo di camminare in modo che non abbia a soffrire.

– Vuole già andare?

– Piú tardi.

Contro la massa altera delle rocce, l'andirivieni della luce. E dietro lo scoglio, dove l'azzurro si spezzava, appariva la prua dell'*Hondurian*.

– In una cala non lontana da qui forse c'è Manuel che ci aspetta.

Gli altri erano là dietro quello scoglio. Immaginava i loro discorsi, la loro preoccupazione che si sarebbe chiusa con un breve rimpianto non appena fossero partiti. Per quegli uomini abituati a mantenere i patti era duro decidere di lasciarlo a terra. Era forse per loro che aveva deciso di continuare il viaggio dopo il silenzio di Tolone, e che adesso avrebbe studiato il modo di tornare. Anche se gli sembrava che una forza indipendente da lui lo trascinasse.

Aspettava la sera per muoversi, e non gli importava che il giorno passasse lentamente.

Lí vicino, sulla sponda, c'era un falso girasole, un'inula salicina. Sotto il fiore d'un oro cupo aveva foglie dentate, rivolte verso l'alto, e il fusto glabro. Nel suo paese cresceva a colonie e cospargeva di uno strano fuoco le terre decadute.

Un rombo soffocato sembrò scaturire dalle rocce: forse erano mezzi corazzati che salivano ansimando per l'altra fiancata, meno scoscesa. Andavano, portando pianto e rovina, su qualche tratturo di transumanza.

– Devo dirle qualcosa, – disse Narenta. – Partire mi fa male. Devo lasciare mia madre.

La paura in lei stava già passando.

– E dov'è sua madre?

– Vive in un piccolo paese dell'altopiano.

Tornavano proprio tutte queste madri? Puntuali e inopportune. Occhi angelici.

Non le disse che in quel momento non le serviva.

– Mi riprende la vertigine.

Si appoggiava alla roccia, incastrata nella sua luce.

– Venga piú in qua, si stacchi e guardi verso la montagna.

Rocce, cespugli e cielo si fondevano, come se avessero radunato le loro mani erranti. Quelle terre esposte a ovest, e investite dal sole pomeridiano, sembravano formare un blocco fuori del tempo, senza ombre.

– Fra poco, quando non ci vedranno piú, ci metteremo in cammino.

Forse aveva fatto male a mettersi su questa strada. Perché non aspettare lassú in alto che le cose si risolvessero in qualche modo? E piú lontano risaliva piú il rimorso cresceva. Il giorno se ne andava, emergevano strane punte dalle terre stese al sole. Esistevano ancora in qualche luogo terre in pace? Al suo paese, a quell'ora, gli ulivi si inchinavano alle luci della sera. Pensò ai suoi che avevano eretto pietre che il tempo cancellava.

Scese un'ombra che sembrava un'ombra originaria. Il mare si vellutava e a poco a poco si stellava. L'*Hondurian*, dietro lo scoglio, scompariva. «Se Manuel sapesse almeno che sono qui, se è sulla cala».

Il mare si fece di sabbia, prima del sorgere della luna.

– Adesso andiamo.

Si mise dalla parte della sponda per frapporsi fra lei e il vuoto.

– Mi parli, sottovoce, ma parli, e non guardi fuori del sentiero.

– Mi parli lei, io non so cosa dire.

– Io qui rappresento i trafficanti d'armi, che viaggiano sempre lungo le frontiere. Ma me ne sento cosí lontano. Ho assolto un compito che mi hanno affidato.

– Mi faccia delle domande, – lei disse.

Ma le domande che egli formulava dentro se stesso gli suonavano inopportune. Per cui taceva.

Nel cielo che prima, al sole, s'era fuso con le rocce, apparve la luna. Pascolava qualche ginepro e dossi di pietra. L'aria scendeva dall'altopiano e il mare era muto.

– Quando non si è piú in grado di navigare sarebbe meglio mettersi da parte.

– Manuel mi ha detto che è un buon capitano.

– Manuel è gentile. In fondo sono solo buono per il Mediterraneo, non me la sentirei piú di passare il fosso.

– Cos'è questo fosso?

– Oh, scusi. Nel nostro gergo è l'oceano.

– Mi faccia delle domande, – lei tornò a dire, – non parli piú di se stesso.

La luna la intrideva di crepuscolo, come le rocce lungo il cammino, e il mare laggiú aveva lo splendore di un mare di nuvole.

– Mi interroghi ancora, – lei disse, – non smetta proprio adesso.

Qualche domanda gliel'aveva fatta alla bell'e meglio. Non aveva figli, molte di loro non ne avevano in quelle terre per assenza di speranza da lungo tempo; col marito era finita, anche se le mandava un po' di denaro di tanto in tanto.

– La prego, non smetta, – insisté.

– Ama il mare?

– Da qualche anno.

– E il bosco?

– Da sempre.

– L'estate, l'inverno, le nuvole?

– Non ci ho mai pensato.

Un blocco di luminose armonie s'andava formando su quelle rocce alte; sembrava spezzare il tempo sempre in cammino. Il sentiero, ch'egli studiava, vi si snodava ciottoloso. V'era un punto in cui saliva su dei gradini e varcava. «Là forse ci aspetta il messaggero. Se ci va bene, riusciamo a ingannarlo. Se ci fosse nell'ombra una scorciatoia».

– Mi parli ancora, continui, non stia fermo sull'estate o sull'inverno.

(Chissà cosa voleva confessare).

La brezza mutò all'improvviso. Saliva dal mare, ne portava il mormorio, la musica risorgente. Erano cominciati «i tre tempi». (Cosí chiamavano al suo paese quel brusco variare dell'aria che illuminava gli ulivi mentre le ombre dei colli camminavano gioiose). Due erano evidenti; ma l'altro?

Si fermarono ad ascoltare. Intorno avevano solo bagliori di rocce, guizzi di ginepri e di lentischi.

– Non ha mica una foto da mostrarmi? – lei chiese, – di quand'era giovane?

– Sarà mica pazza?

– Mi sembrava una richiesta umana. Condividiamo la stessa strada. S'è forse offeso?

– Mai tenuto una foto in vita mia.

– Era per affezionarmi piú velocemente.

– Mai tenuto foto di nessun genere, – egli disse. Non aveva mai avuto quella mania: la memoria lavorava per suo conto. Gli venne in mente quella foto di Giovanni, una Tolone di navi affondate, un paesaggio di astro morto.

Era una cosa da gelare il cuore di chi navigava.

Il mare, col mutare dell'aria, aveva perso l'aspetto di

una nuvola. Passò sopra i cespugli un uccello notturno, la grande ala felpata.

– Ora bisogna proprio andare.

In quel momento armi di vario genere cominciarono a crepitare. Rocce e valloni ne rimbombavano.

– È triste dirlo. Ma se si sparano tra loro forse passiamo. Guardi per terra e mi venga dietro.

– Si chini, adesso, si chini.

Lei non fiatava.

– Si metta contro la roccia.

L'eco delle raffiche si perdeva sul mare.

– Piú aderente possibile. E guardi dove mette i piedi. Non ha qualcosa da mettere sui capelli, qualcosa di scuro?

Lei volgeva alle stelle uno sguardo umile.

– Ecco, cosí va bene.

Non avrebbero piú visto quel dorato che si muoveva.

– Adesso uno scatto per quei gradini.

– Mi cedono le gambe, – lei disse.

La prese per mano. I gradini, incisi nella roccia, erano coperti da una sorta di sabbia. Era da un po' che non vi passava nessuno.

Al di là, il sentiero scendeva dolcemente. Non c'era piú la roccia, ma un gerbido. (Quelle colline mostravano solo al mare un volto di pietra). Poi il sentiero andò pianeggiando verso l'interno. Si profilava un bosco e, dietro, un campanile. La linea di un colle accresceva l'impressione di silenzio.

Entrarono nel bosco, che il sentiero attraversava, e si trovarono di nuovo in una radura, davanti a un piccolo paese.

– Sarà meglio starne alla larga, che ne dice?

Un uomo risolse i loro dubbi. Gli veniva incontro; dalla mano semialzata pendeva un fazzoletto. Era anziano e con la barba di qualche giorno, capelli grigi e senza berretto. Parlò con Narenta.

– Che dice?

– Che dal paese sono fuggiti, i pochi rimasti si sono nascosti.

Quei due sedettero sul margine del sentiero. Parlavano. L'uomo dalle mani grinzose rimasticava il dolore della sua terra.

– Mi domanda perché lei è qui, – disse Narenta.

– Può dire... No, non dica niente.

Le vie che l'avevano portato a quell'approdo si perdevano sul mare in rifrazioni d'orizzonte.

L'uomo indicò una strada. Passava in un vallone, tra le querce. Poi, olmi tremuli fecero da scorta al loro andare. Tra quegli olmi, una chiesa assalita dai cespugli, un campanile dimezzato (il tempo, un proiettile?), la campana era per terra. Edoardo disse che l'ultimo rintocco l'aveva mandato cadendo.

– Nella città dove ho studiato, – disse la donna, – suonavano tutte le ore: l'ora cattolica, l'ora slava, l'ora turca e l'ora di Gerusalemme.

– E adesso?

Usciti dal vallone, il mare apparve: onde bianche, riva rocciosa. A nord, una nera catena di montagne, accompagnata dal blu del cielo, cadeva in un'ansa che la sigillava.

Cercò l'*Hondurian*: era dietro lo scoglio che il bianco sommergeva. «Speriamo l'abbiano tenuto in ordine... Ma sí, nel loro delirio sono precisi».

Capitolo quattordicesimo

– Capitan Audouard, la mar au-jour-d'uei es pleno de graci. Nous navegan vers uno terro souleianto e graciouso.

La terra non si vedeva ancora e l'azzurro verso il golfo del Leone era carico di vento.

– Forse c'è da affrontare il mistral, – disse Edoardo. – Speriamo che la nave non entri in sincronismo con l'onda.

Ma il nostromo sorrise. Entrambi sapevano ch'era cosa da niente. «Forse è per me che ha trovato il mare pieno di grazia, per festeggiarmi».

Gli domandò si si sarebbe ancora imbarcato.

– Si trouberai, – disse il nostromo, e chinò il capo per indicare i suoi capelli bianchi. Aveva un volto ch'era al di là di qualcosa... di un'attesa, di anni di mare... avviato alla pietra.

– È bella la sua terra?

– Coume uno blanco mar. E la vostre?

Edoardo non rispose.

«C'è in ogni terra, – pensava, – il seme della morte, si vede bene in piena luce... ci sono colpi di sole su terre appese».

Indice

Stampato per conto della Casa editrice Einaudi
presso Mondadori Printing S.p.A., Stabilimento N.S.M., Cles (Trento)

C.L. 15779

Edizione							Anno			
0	1	2	3	4	5	6	2001	2002	2003	2004